ハバナ・モード

すべての男は消耗品である。Vol.8

村 上　龍

幻冬舎文庫

ハバナ・モード

すべての男は消耗品である。Vol.8

contents

ハバナ・モード 9
小国スロヴェニアの智恵 15
犠牲と支配 21
幻の改革と変化 27
金正日体制は崩壊するのか 33
不況と相撲取り 39
そもそもイラクに治安があるのか 45
格差の象徴・腕時計 51
現実をなぞる 57

衰退し続ける大手メディア 63
従米から反米への道 69
無意味な心意気と誠意 75
希望的観測による外交 81
イラク人質事件 88
サラリーマン週刊誌の死 95
黙ってついていくわ 102
決定権と責任 109
答えより、設問のほうが重要 116
可哀相な自衛隊 123
姥捨て山を拒否した二人の老人 130
『13歳のハローワーク』と一生の安定 137
幸福な原作者 144

キューバの快楽と『半島を出よ』 150
うつと、元気と、おせっかい 156
ハバナの夕日と国家目標 163
解説にかえて　タニア・パントーハ 170

ハバナ・モード

05/23/2005
7:18

　今ハバナ湾に沈んでいく夕日を見ながらこの原稿を書いている。すでにからだも心も、その他の精神とか魂とかいうような実体があるのかないのかわからないものも、ハバナ・モードとでも呼べるような状態に変化している。

「これからキューバ、いいですね。ホテル・ナシオナルの中庭のバーで飲むモヒートを思い出すと、脳天がクラクラ来ますね」「もうハバナの夕日を堪能しているんでしょうか？」「どこからか聞こえてくる切ないメロディとプールサイドで飲むフローズンダイキリ、わたしも日本の喧噪を忘れたいです」などなど、キューバに行くのを知った友人たちからいろいろなメールをもらった。それらはたいていキューバに関する「ムード」について書かれている。だがキューバにいるとき、わたしは人の感情や雰囲気をどことなく支配する「ムード」のような曖昧《あいまい》なものを感じる余裕はない。

　わたしがプロデュースするイベントに招聘《しょうへい》するアーティストと交渉するときには、そのオルケスタや歌手を呼ぶという決定がなければいけない。あなたのグループを招聘しようという企画があるんだけど九月末のスケジュールはどうなってますか、というような曖昧なことは言えない。ぼくはあなたの音楽が好きでいつの日か日本に呼びたいと思っているんですよ、みたいな要望を単に語ることもしてはいけない。これだと思ったオルケスタや歌手やダンサーを日本に招聘する場合は、予算を確保し、会場を押さえ、できれば宣伝パブリシティの概要も決めてから彼らに会わなければいけない。

＊

もうずいぶん昔のことだが、『KYOKO』という映画を準備していて、その実現に対して絶望的な思いを持っていた時期があった。当初予定していた女優に出演を拒否され、主演を除いて全員アメリカ人とキューバ人の俳優を使いアメリカ東海岸とキューバでロケする映画の脚本は一行も書けなくて、制作資金が集まる見通しはまったくなかった。わたしは絶望的な気分でハバナの海岸を一人で散歩しながら、こういうときキューバ人だったらどうするだろうか、と考えた。

キューバ人だったら、まず、心のもっともベーシックな部分で、「何とかなるだろう」と楽観するだろうと想像し、それにならおうと思った。それは、必ず何とかなるとたかをくくって安心してしまうことではない。あきらめるという選択肢を消し、リラックスするためにとりあえず心の状態をポジティブに保つというようなことだ。そしていったんリラックスしたあと、キューバ人は危機の回避やプロジェクトの実行に向けて猛烈な努力を始める。できることから一つずつやっていくわけだが、その仕事・作業には、「何とかなるだろう」という曖昧でポジティブな態度とは対極の緊張と集中が必要になる。

日本社会には「努力すれば何とかなる」と「努力してもしかたがない」という典型的な二つの態度があるとよく言われる。その二つは一見異なった態度のようだが、基本的に同じものではないかと思う。まず何よりも努力という言葉がとても曖昧だからだ。『13歳のハローワーク』という子どものための職業図鑑を出版したあとの講演会で、「好きを仕事にというのも理解できますが、それより努力した人が報われる社会を目指すべきではないでしょうか？」というような質問を受けた。わたしはすぐに答えずに、努力した人というのは具体的にどういう人で、報われるというのはどういう状態を言うのですか、と質問者に逆に聞いた。わたしがイメージする日本社会における努力とは、小学校や中学校で毎週張り出される「今週の努力目標」や、会社や工場で示される「売り上げ目標」や「生産目標」だ。つまり上のほうから示されて、その集団の構成員が一丸となってその達成に向けて奮闘する、というようなものだ。

たとえば営業マンのような職種だったら「努力すれば報われる」というのは比較的わかりやすい。より多く契約を取った社員は歩合制によってより多い給料を得る。その場合、努力というのはより多く契約を取るためにさまざまな工夫をしたり得意先を何度も訪れるというようなことを指し、報われるというのは給料が多く支払われることを意味する。しかし仕事における努力やその結果は、営業マンの契約数のように数字で計れるものばかりではない。たとえば作家の場合の努力とは何だろうか。五〇〇〇枚の大長編を書くことでもないし、一つの作品に二〇年の歳月をかけることでもないし、ありとあらゆる取材をこなすことでもない。報われるというのはどういう状態だろうか。ベストセラーになる、あるいは書評で絶賛されたり何かの賞を取るというようなことだけではないだろう。作家ではなくても、一般のビジネスマンでも学生でも、「努力」と「報われる」を定義するのは非常にむずかしい。わたしに逆に質問された質問者は、結局答えることができなかった。

＊

努力というのは、本来その内部にある矛盾を抱えている。「最終的には何とかなるはずだが現状ではまったく不可能だ」というような矛盾だ。その矛盾は、十数年前、映画『ＫＹＯＫＯ』の映画化を準備していたわたしにあったもので、また『13歳のハローワーク』の製作中幻冬舎のスタッフに心構えとして言い続けたことだった。そして、そういった矛盾を内包した態度と努力は、『半島を出よ』の準備から校了まで必須のものだった。何とかなるという前提とこのままではダメだという絶望が同居して、その二つを近づけ混在させるためにあらゆる努力が必要となるという考え方は、この日本社会にはほとんどない。

すべての問題は、二者択一で、対立する二項のどちらかを選ぶことでしか語られない。「北朝鮮はミサイルを撃ってくるのか」「中国をはじめとして東アジアの諸国と日本は協調できるのか」「年金や医療の改革は成功するのか」「財政赤字は本当に解消できるのか」「日本代表はアジア最終予選を勝ち上がってドイツに行けるのか」それらの問いには、必ず二者択一の解答が準備される。「＊＊さん、ずばり日本はアウェーのバーレーン戦に勝てますか」と、試合が終わるまで神にもわからないことを、既成メディアの司会者は臆面もなく解説者に聞く。

だが当たり前のことだが、何とかなるだろうという曖昧でポジティブな前提と、このままではどうしようもないという絶望の間に、わたしたちの努力のすべてがある。そして実は、曖昧でポジティブな前提と救いのない絶望の広大な乖離《かいり》から個人としての希望のようなものが生まれる。またその断崖のような乖離からジャンプすることが、逆に努力のモチベーションとなり得る。

世界の現実はそのようにして動いている。たとえば、イラクに平和は訪れるのかという質問にはほとんど意味がない。イラクに平和を実現するためには、アメリカ政府と軍、イラク暫定政府、イスラム原理主義者や地元スンニ派の武装勢力、そしてすべての国際社会と機関による「ほとんどゼロに思える可能性に対する不断の努力」が不可欠なのだ。

わたしが「ハバナ・モード」と自分で勝手に呼んでいる態度はそのようなもので、プールサイドでダイキリとか、カリブ海に沈む夕日を見ながらのモヒートというような、「ムード」ではない。そしてもちろんそのような態度はキューバ人だけに特有のものではない。危機に際した国家や個人が取りうるおそらく唯一の基本戦略だと思う。曖昧でポジティブな前提とその実現に際して持つ不可能性の自覚だけが、人生の局面に小さな亀裂を作り、努力する対象にわたしたちをフォーカスさせる。

小国スロヴェニアの智恵

スロヴェニアという小さな国の文化協会から招待されて、翻訳出版された『限りなく透明に近いブルー』についての取材を受け、Q＆A形式の講演会をしてきた。これまでに他の国からも文化的な催しへの招待はあったが、面倒くさいのと、そもそも「文化的な催し」というのが好きではないので断ってきた。スロヴェニアの招待を受けたのはスロヴェニアという小国に興味を持ったからだ。

スロヴェニアが地図上でどこにあるかわからない人もいると思う。率直に言ってわたしも最初はスロヴァキアやリトアニアと区別がつかなかった。バルカン半島の根っこのほうでイタリアとクロアチアとオーストリアとハンガリーに囲まれた旧ユーゴ連邦の一つだった。人口は約二〇〇万だ。二〇〇万人しかいない民族が、ローマやハプスブルグ家やナポレオンやナチスといった強権のはざまでどうやって生きのびてきたのか、またユーゴ内戦をどう生きのびたのか、わたしはそういったことに興味を持った。

04/19/2005
23:32

『スロヴェニア』（ジョルジュ・カステラン、アントニア・ベルナール著 千田善訳 白水社文庫クセジュ）という本が出ていて、大ざっぱではあるがかなり正確な情報を得ることができた。スロヴェニアの歴史はあまりにも複雑で、わたしもよく理解しているわけではない。スロヴェニアという名前からオリジナルは六世紀に南下してきたスラブ人だとわかるが、現在のスロヴェニアの人びとがスラブ系の顔つきをしているわけでもない。

バルカン半島の西側の根っこというところは、ローマやビザンチン、フン族やマジャール人、そしてハプスブルグ家など人種と民族と権力が入り乱れた地政学的に複雑極まる場所だ。六世紀からはフランク王国に支配され、一三世紀からはハプスブルグ家に支配され、公用語はドイツ語を強制される。もともとあったスロヴェニア語は農奴だけが使うマイナーな言語となった。やがて一九世紀初頭にスロヴェニアを解放したナポレオンは、ドイツ語の呪縛を解き、スロヴェニア語の使用を認めるようになる。非常に乱暴な言い方だが、それまで禁止され農奴だけに認められていたスロヴェニア語が解禁されたことによって、スロヴェニア人が誕生し、スロヴェニアという国家の萌芽が生まれるのだ。スロヴェニア人のアイデンティティは、「スロヴェニア語を話す人」というシンプルで切実なものだった。

二〇世紀初頭スロヴェニアはクロアチアとセルビアとの連合に応じるが、それは西の隣国イタリアから併合される危険を避けるためのものだったらしい。チトーのユーゴ連邦の中で、スロヴェニアは資源を活かして鉱工業を発展させ、独自の発展を遂げた。そしてユーゴの分裂と内戦の際には、いち早く独立を宣言して、一〇日間の「スロヴェニア戦争」を戦っただけで、本格的な内戦を免れている。国内に進駐したユーゴのセルビア人部隊を相手に警察や領土防衛隊が戦い、内戦の拡大を嫌うイタリアやドイツ、それにオーストリアやハンガリーから独立の支持を取り付けたのだった。

＊

スロヴェニアがユーゴ内戦をほとんど無傷で乗り越えることができた要因は何かと現地で人びとに尋ねると、それは広義のコミュニケーションスキルだという答えが返ってきた。内戦や戦争というリスクを避けるのは、経済力や軍事力ではなくコミュニケーションスキルだというのは、考えてみれば当たり前だが、わたしたちはなかなかそのことがわからない。

幼児以外のスロヴェニア人の九五パーセントが英語を話すらしい。確かにわたしが一人で街を歩いていても、人びとが当たり前のように英語を話すので何をするにも困ることがなかった。『限りなく透明に近いブルー』を訳したイルッチ君は、スロヴェニア語と英語の他に、日本語とそれにフランス語を解するし、出版社の社長は英語の他にドイツ語とハンガリー語を話し、他の通訳の女性は、スロヴェニア語と英語の他に、日本語と中国語を話すことができた。もちろん外国語の能力がコミュニケーションスキルのすべてではないが、外部との交渉においては必須で、そのことは象徴的だと言えるだろう。

そういったことを考えたのは、中国の都市部で反日運動が起こっていることを帰国後に知ったからだ。なぜ今ごろ中国で反日運動が起こるのか、わたしにはわからない。わからないことは他にもいろいろある。デモをしている中国人たちは、日本の安保理常任理事国入りを許すなという主張をしていた。中国人がどうして日本の常任理事国入りに反対なのかもわからないし、また日本がどうして常任理事国入りを目指しているのかもわからない。たぶん第二次大戦の戦勝国の理念で作られた国連の改革に際して、敗戦国という立場を克服して新たに国際的影響力を発揮したいというようなことだろうが、別に安保理の常任理事国にならなくても、他に国際的に影響力を発揮できることはたくさんあるはずだ。

おそらく日本政府は、当面の外交方針を対米追従としているだけで、国際的な影響力をどうやって発揮すればいいのかわからないから、わかりやすい「地位」を求めるのだろう。それはそれで情けない話だが、そのことに中国が反対するという予測はどこにもなかったのだろうか。

＊

日本政府や外務省の国際的な認識・戦略についてはもともと何も期待していないが、中国の反日デモのことを知って不安になったのは日本の大手既成メディアについてだった。このエッセイでも繰り返し書いてきた通り、日本の大手既成メディアは「高度成長時とは変わってしまった現実」について正確に伝える文脈を持っていない。たとえば新しく生まれようとしている地域間、世代間、個人間の格差についてはまったく何も伝えることができない。国民一丸という時代の文脈しか持っていないからだ。

同様に複雑に利害が交錯する国際情勢についても、正確に伝える文脈を持っていない。今回のデモに限って言うと、たとえば上海で一万人程度のデモがあって、総領事館に投石があり、日本料理店が襲われたということはバカみたいに繰り返し報道したが、デモに参加しなかった他の大多数の上海市民が今何を考えているかについてはまったく報道しなかった。

また上海の日本人幼稚園の父兄たちに、「不安でしょう？」と無意味な質問をしていたが、どうやって現地の日本人を守るのかという論議はまったくなかった。

わたしは、武装した立派な軍隊でありながら他国の軍隊に守られなければ業務ができないというバカバカしい状況に置かれているイラク・サマーワの自衛隊を呼び戻し、北京か上海の公館敷地内に送って日本人を保護するという政策を検討したほうがいいと思う。勘違いしないで欲しいが、実際に自衛隊を派遣しろと言っているわけではない。

しかし日本政府は、海外にいる邦人を守る責務を負っている。そのために税金を取っているのだ。もっとも手っ取り早いのは、武装した軍隊で公館や邦人の安全を守ることだ。もし今回の騒動が反日ではなく反米だったら、アメリカはどうしただろうか。領事館には武装海兵隊がいて、危険区域に住んでいるアメリカ人に対しては適切な指示が出て、必要なら避難させ、さらに事態が深刻になれば警備の軍を増強しただろう。

きっと自衛隊の出動は、邦人の安全を守るという理由で行われた過去の海外出兵を思い出させて、中国や韓国との関係を決定的に悪化させるだろう。だがそれを選択肢に入れて論議するということと、実際に自衛隊を派遣することはまったく次元が違う。コミュニケーションスキルというのは、スーパーナショナリズムとスーパーリベラリズムの両極端までの幅広い選択肢を充分に検討した上で内外に示し、反応を見て、もっとも合理的な解決策を探り、相手に正確に伝え、相手の言い分をよく聞いて、妥協点を探すことに尽きる。

犠牲と支配

03/13/2005
0:19

来週には新刊の見本が出来上がってくる予定だ。この原稿が活字になるころには、書き下ろし小説『半島を出よ』は確実に書店に並んでいるだろう。福岡市の衛星写真の上に原色のヤドクガエルが貼りついているという衝撃的な装幀で、これほどそわそわして見本を待つのは初めてだ。

いろいろと新しい仕事のアイデアだけは思い浮かぶのだが、本が出来上がるまでは落ち着かなくて何も手につかない。

『半島を出よ』はいろいろなファクターが重なり合った近未来小説なので、執筆中に新しい小説のアイデアがいくつも浮かんだ。新しい小説のアイデアをエッセイでばらすことはできないが、小説だけではなくて、『13歳のハローワーク』のような絵本のアイデアもいくつか生まれた。その中の一つに、就職に関する企画がある。この一〇年間ほどの学生の就業状況は、知れば知るほど異様だと思うようになった。

医学部や薬学部など一部の学部を除き、多くの学生は、一、二年生の間は受験と親の監視からやっと逃れたと遊びまくり、三年生になると就職活動だけに打ちこむので、実質的にほとんどまとまった知識を身につけることができない。就職の文字通りの意味は職に就くことだが、今や就社と同義語になってしまっている。ある程度名が知れた会社から内定をもらうために、学生たちがどれほどの時間と労力を使うかを知って、わたしは本当に驚き、暗鬱《あんうつ》な気持ちになった。

最大の問題は、ほとんど一年半に亘《わた》る学生たちの就職活動が能力の向上や社会的体験にはつながらないということだ。企業の側にしても、確固たる採用基準を持っていない。また大学のブランド力も機能していない。日本の大学は、入るのがむずかしく出るのは比較的簡単という近代化途上型のシステムが色濃く残っているので、たとえば早稲田の政経を出て成績表を見ても、どのくらいの知識とスキルがあるか企業側もつかむことができない。

勘違いしないで欲しいが、わたしは今の大学教育や就職状況に多大な関心があるわけではない。単にものすごく非合理的なことが行われていると呆れていて、ほとんど誰もそのことに関心を持っていないように見えるので危機感を持っているだけだ。何十万人という日本の学生が一八ヶ月も無駄なことに没頭している。そこで学べるのは、目の前にある現実は自分の思う通りには行かない、という事実だけだ。パートや派遣や契約という新しい雇用形態がすでに定着し、中途採用も増えて、新卒者が潜り込める会社の絶対数は確実に少なくなっていて、今後もその傾向が変わることはないだろう。

＊

バブル以降の経済政策において、学生を含めた若者は確実に犠牲になっているとわたしは思う。連鎖倒産などのシステミックリスクを避けるという名目で、銀行に多額の公的資金が投入され、異常な低金利が続いて、市場から退席すべき衰退企業が延命することになった。中高年のリストラだけが目立ったが、一五歳から二四歳までの若年層の失業率は今でも異様に高い。つまりリストラは目立つが、新規採用の減少や中止はあまり話題にならないのだ。無力な若者を犠牲にしても、それが見えにくい。抗議の声も上がらないし、彼らは選挙にもあまり関心がないので政治的に非常に弱いから犠牲にしやすいのだろう。勘違いしないで欲しいが、わたしは若者が好きなわけではない。単にアンフェアなことが嫌いなだけだ。

たとえば八〇年代のアメリカでは自動車産業が確実に衰退し、こんな業界には未来はないと見切りをつけた優秀な若者たちがシリコンバレーでＩＴ革命を担った、というようなことがよく言われる。もしアメリカ政府が公費を投入して自動車産業を延命させていれば、今ごろビル・ゲイツは工場でトラックを組み立てているのではないかというようなわかりやすいジョークもある。

日本は既成の大銀行や大企業を救済し、急激な変化を望まないという方向でバブル以降を乗り切ろうとした。確かに銀行をはじめとする金融界では合併吸収が相次ぎ、様変わりして数も減り、リストラも行われたが、システムや考え方に根本的な変化が起こったとはわたしは思わない。一時期、起業が勧められ、ベンチャーブームのようなものも起こったが、犠牲になったことで立場が弱くなった若者は以前に増してさらに強く安定を求めるようになっているのではないだろうか。要するに、何も変わらなかったのだ。子どもや若者を巡る環境は以前に増して息苦しさを増している。

＊

そうやってより閉鎖的になった社会で、たとえばライブドアがニッポン放送に対して仕掛けた敵対的買収のことをどう考えればいいのだろうか。わたしは、ライブドアや楽天やヤフーといったいわゆるＩＴ企業のサバイバーたちが、衰退の象徴とも言えるプロ野球を利用して自己宣伝を実現させようとしたことに対し深い失望を覚えた。非常に悪い言い方をすると、もともと彼らは画期的な独自の技術やビジネスモデルを開発して高い利益を確保したわけではなく、アメリカのやり方を基本にして、ＩＴバブルをうまく売り逃げた生き残りだ。そこで手にした豊富な資金で金融ゲームをやって懐を肥やした。

もちろんそのことは悪いことでも何でもないし、簡単なことでもない。ただそういう方法論でできることは限られているような気がする。既成価値や既得権益層に組み込まれやすいし、閉塞の打開に結びつくことを具体的に示すのはむずかしい。今のところ彼らが提示できるのは資金だけで、新しい価値やコンテンツではないからだ。

たとえばヤフーは、福岡ドームの名称をヤフードームに変えた。ヤフーは福岡のことなどどうだっていいのだ。昔、中田英寿が在籍したセリエAのペルージャのスタジアムにはレナト・クーリという愛称がついている。レナト・クーリというのは、ペルージャに幾たびか勝利をもたらし試合中に事故で亡くなったサッカー選手の名前だ。もしペルージャのスポンサー企業がスタジアムの名前を変えたりしたら、サポーターは暴動を起こすだろう。

新興IT企業がAMラジオの経営権を握ったとしても、果たして何が変わるのか、わたしにはまだわからない。ライブドアがたとえば集英社を買収し「少年ジャンプ」だけを残して他部門をすべて売り払い、株価を上げて収益を上げるというようなやり方だったら理解できるが、ニッポン放送の経営権を握ることで、大手既成メディアの旧態依然とした文脈や方向性に変化を与えることができるかどうか、わたしにはわからない。だが勘違いしないで欲しいが、わたしはライブドアの敵対的買収を批判するつもりはない。野心のある若手実業家としては当然のことをしているだけだと思う。うろたえているニッポン放送やフジテレビの幹部のほうがはるかに見苦しく滑稽だ。

ライブドアの社長は「支配」という言葉を使い、大手既成メディアはそれに過剰反応した。だが経営権を握っただけで放送コンテンツを変えるのは至難の業だろう。スポンサーが黙っていないし、プロデューサーをはじめ現場の優秀な製作スタッフの数は限られている。ほとんどの日本人は所属企業に従属し上司に支配されていると思っているので、ライブドアから支配されると大変な事態になると大手既成メディアは決めつけた。だが経営者が、かつてのナチスや旧ソ連のようにメディアを支配下に置き、好きなようにコンテンツを作るのは絶対に不可能だ。経営者は会社を「支配」するのではなく、「manage」して利益を上げなければならないのだ。

興味深いことに、これほど連日メディアが騒いでいる割りには、ライブドアの社長の著作物の売れ行きが急激に伸びたという話は聞かない。多くの国民は野次馬的に事態を眺めているが、本当はあまり興味がないのかも知れない。

幻の改革と変化

02/20/2005
17:48

書き下ろしは再校と参考資料リストと装幀を残すだけとなった。この原稿が活字になるころには書店に並んでいるかも知れない。相変わらず長編を完成させたという感慨はないが、静かな達成感のようなものはずっと続いている。犬の散歩とか、箱根に出発するときに食料品を買いだめしたスーパーに行ったりすると、終わったんだな、としみじみと思うことができて、解放感を覚える。テレビでサッカーを見ていて、それがひどい内容の試合でもボーっとして楽しむことができて、どうしてこんなひどい試合でも案外楽しく見ることができるのだろうと考え、そう書き下ろしが終わったんだ、と解放感の正体に気づく。

今回の書き下ろしでいろいろと考えたことがあって、その一つは「日本社会においては、ある程度ステイタスを築いた人間が新人のように再挑戦するという概念がない」ということだった。実際の書き下ろしを読んでもらえばわかると思うが、わたしはかなりむずかしいテーマと方法論に取り組まなければならなかった。小説なのだからそんなことは当たり前で、自慢したいと思っているわけではない。だが、まるで新人作家のようにむずかしいテーマに挑戦しているということを、たとえば他社の編集者などにはほとんど理解してもらえなかった。手持ちの技術や知識だけではひょっとしたら書けない困難な小説を五〇過ぎの村上龍が書いているというイメージを持つのがむずかしいのだろうと思った。

三〇年近く小説を書いてきて、自分では興味がないのでよくわからないが、わたしにはそれなりのステイタスがあるようだ。芥川賞の選考委員みたいなことがその象徴なのだ。そんな作家が「まるで新人作家のようにアグレッシブに集中して、困難な作品に向かい合っている」ということをわかってもらえなくて、疲れた。まるで「それなりの成功を収めた地位のある人間は必死になって仕事をしてはいけない」という不文律があるかのようだった。地位のある成功者となったベテランは、余裕を持って、自他共に認める既成のイメージに沿って堂々と己の仕事を完成させなければいけないのだ。もしくは、「他のこと」「どちらかと言えば趣味的なこと」にチャレンジしなくてはならないのだろう。スキーでアルプスを滑り降りるとか、壮大なイングリッシュガーデンを造るとか、そういったことに挑戦したほうが多くの理解が得られたのかも知れない。

＊

東京FMで秋から番組を持っている。半蔵門の東京FMに行くたびに立派なビルだと感心する。アメリカなどではFM局はスタジオ一つだけというビルの小さな一室か個人の家で運営されていることも多いのだが、東京FMは皇居を望む高層ビルで、最上階にはフレンチレストランまであり、これがかなりおいしくてサービスも一流だ。単に電波に乗せて音楽を流すだけだったらこんな大きくて立派なビルは不要だといつも思う。その証拠に東京FMは番組を作って流すだけではなくて、コンサートを主催したり、書籍を出版したり、映画に出資したりしている。東京FMには友人が何人もいて、キューバイベントを主催してもらっている。規制が緩和されてFM放送事業に他社が参入してきたのはいつだっただろうか。J-WAVEをはじめ大小いくつかのFM局が誕生したが、どこも経営は楽ではない。東京FMにしても莫大な利益を上げているというわけではないが、営業的には「一人勝ち」というような状態が続いている。

わたしは少しだけ株を持っている。電子証券化に備えてどこか証券会社に預けたほうがいいと知って、親しくしている専門家に、どの証券会社がいいだろうと相談すると、野村か三菱だろうという答えが返ってきた。さらにその専門家は、もし余っている資金があれば外貨預金やヘッジファンドなどよりも国債のほうがいいと勧めた。

考えてみれば奇妙なことだ。この一〇年くらいの間、大変化の時代だから投資感覚を磨けとか、個人としてリスクを背負わなければリターンもないとか、いろいろと威勢のいいことが言われてきたが、結局のところ既成大手の会社の寡占化《かせんか》が進んだだけではないだろうか。もちろん企業が個人を庇護《ひご》してくれる時代が終わったのは確かな事実で、個人が背負わなければいけないリスクは増大した。だが、既成の大手企業の影響力が後退してしまったわけではなく、新しい経営哲学や産業や価値観や雇用環境が生まれたわけでもないということなのだろう。要するに、個人にとって会社からの庇護がないという危うさだけが新しく生まれて、逆転のチャンスが増大したわけではないということだ。

＊

そういったことは子どもや若年層へのしわ寄せとなって現れている。つまり、『13歳のハローワーク』のキャッチコピーでもあった「いい大学を出ていい会社に入れば安心という時代ではなくなりました」というのは事実だが、だからと言って、たとえば大学の新卒者が個人で勝負できる環境は整っていない。一時期、起業やベンチャーキャピタルがもてはやされたが、税制面での優遇があるわけではないし、銀行の融資基準が新しくなったわけでもなく、大多数の大学生は就活という消耗戦を余儀なくされている。

バブル以降、改革や変化の大嵐が吹き荒れたかのように見えるが、結局のところ大樹だけが安泰という状況が強化されたのかも知れない。だから敏感な新卒者たちは死にものぐるいで大会社や有名会社の正社員を目指して、就職において不毛とも思える消耗戦を戦わざるを得なくなる。時代状況については、変わったと言う人もいる。たとえばメガバンクの再編はどんどん進み、いったいどことどこが合併して何という銀行になったのか、わからなくなった。銀行員のサラリーも下がったし、何らかの形で能力主義が導入されている。事業会社にしても劇的で徹底したリストラを推し進めた。

だが、結果的に寡占化は進んでいる。ソフトバンクや楽天というIT企業がプロ野球球団を手に入れたのは、その象徴ではないかと思う。何かと話題のライブドアにしても同様だが、彼らは、インターネットおよびITを使って新しいビジネスモデルを示し利益を出したというよりは、ITバブルを上手に売り抜けて金融ゲームをするだけの資金を手にした連中だ。彼らがすっかり落ち目の日本のプロ野球球団を買収したのは、他に合理的な金の使い道がわからなかったからだ。バブルのときの日本企業がルノワールの絵画などに資金を注ぎ込んだのと基本的には同じことだと思う。彼らは、すでにその役目を終えている可能性のある日本プロ野球を通じて自社を宣伝しようとしたが、その姿勢は最初からダイナミズムを欠いたものだった。

彼らのようないわゆるITの勝ち組でさえも、プロ野球のような人気衰退媒体に頼るしかないという現実は、破壊や革新を待ち望む子どもや若者にさらなる閉塞を生むことになった。もうフロンティアはないのだというメッセージを送っているのと同じだから、その罪は深い。

プロ野球球団の買収を果たせなかったライブドアという会社は、ニッポン放送の株を買い占めて大手既成メディアへの影響力を発揮するつもりらしいが、わたしはその意図がわからない。大手既成メディアはレームダック・死に体と化しつつあるが、多くの置き去りにされた人びとをひきつれている。自らは新しいメディアとネットワークを模索しながら、大手既成メディアに対しては、無関係なポジションをキープしつつその自然死を待つ、というのが有効な戦略ではないかとわたしは思っている。

金正日体制は崩壊するのか

01/20/2005
1:40

書き下ろしは脱稿した。脱稿して一週間が経ったが、こんな精神状態は初めてだ。感慨はないし、感激もしていないし、終わってしまったという空しさを感じるとか、そういうこともない。ただ、「終わったか」と思うだけだ。確かに長い仕事だったが、『コインロッカー・ベイビーズ』も執筆だけで一〇ヶ月かかった。『五分後の世界』が終わったとき、ものすごい達成感があったが、今回はそれもない。書くと決めて、取材を始めてから脱稿まで三年以上かかっているが、なぜこれほど淡々としているのか、自分でもわからない。

今回の書き下ろしは途中で非常に長くなることがわかったので、少々うまく書けたからと言って喜んではいけないと自分に禁じてきた。昔、箱根で『五分後の世界』や『ヒュウガ・ウイルス』を書いたときは、すごいシーンを書き終えて興奮して、温泉に入って酒を飲んで一人でビートルズの歌をうたったりしていたが、今回は一度もそういうことがなかった。むずかしいシーンだったが何とか乗り切ったかも知れないな、と思っても、喜んだりしないで、淡々と温泉に入り、酒を飲んで静かに寝ることにしていた。ただ、今の精神状態を表現することはとてもむずかしい。ボーっとしているが、充実感と達成感はある。爆発的な喜びなどはまったくないが、わたしは単に懸案の書き下ろしを脱稿しただけで、大きなサッカーゲームでゴールを決めたわけではないのだから当然のことかも知れない。

箱根から戻ってきて、もっぱら犬と近所の公園を散歩している。当たり前のことだが、犬はわたしが書き下ろしを脱稿したことを知らない。ずっと箱根に行っていて、散歩できなかったのだが、犬は変わらずわたしを覚えてくれていて、公園でボールを投げるとうれしそうに走っていき、くわえて持ってくる。ウイークデーの公園にはほとんど人がいなくて、葉を落とした冬の木立のシルエットが美しい。そういうときに持つのは、「戻ってきた」という感覚だ。冥界とかそういうところから戻ったわけではないのだが、なぜか戻ってきたという感覚を持つ。そしてその感覚は決して悪いものではないが、うまく話が伝わらない気がしてきたので、話題を変えよう。

＊

今回の小説の重要なモチーフは北朝鮮だが、今日本では経済制裁の是非が言われているようだ。拉致被害者とその家族、および支援者からは日本政府に対し経済制裁の発動の要求がなされていて、自民党は賛成だが、政府は及び腰という構図になっている。そして例によって大手既成メディアは、この経済制裁問題に対応する文脈を持っていない。拉致被害者の家族が経済制裁を求めるのは当然だと思う。このままでは拉致被害者の調査や帰国は進展しそうにないし、拉致事件から大変に長い時間が経っていて、家族の疲労や心労は察するにあまりある。

しかし、経済制裁は是か非か、という設問の立て方は間違っている。問題は、経済制裁を実行すれば拉致問題は解決するのか、あるいは解決に近づくのか、ということだろう。もっとわかりやすく言うと、経済制裁の発動で、金正日政権と北朝鮮国民は、「そんなことされたら困るから拉致問題に関しては日本政府の言う通りに何でも協力します」という態度を見せるのか、ということだ。現状では、経済制裁の報道に対して北朝鮮政府は強硬な姿勢を崩していない。経済制裁は宣戦布告と見なす、というような声明を北朝鮮のメディアを通じて発しているようだ。

ただ、そのような強硬姿勢が北朝鮮政府の本当の方針なのか、あるいは国内の強硬派や国民向けのポーズなのかはわからない。実際は経済制裁に対して相当ビビっているという見方も可能だ。本当にやられたら困るから何とかして協力しなければと思っていて、別チャンネルで接触を図ってくるかも知れない。ただそういったことはいずれも推測だ。

わたしが危惧するのは、経済制裁を発動するときに、日本政府がそのタイミングややり方を間違うのではないかということだ。日本政府は、北朝鮮が横田めぐみさんのものだという遺骨をDNA鑑定したが、その際、中国などの第三国の専門家に依頼することもなかったし、検査に同席させることもなかった。DNA鑑定技術というのは国家機密ではないので、日本だけでやるのではなく北朝鮮と経済的・政治的に関係の深い中国に協力を依頼すれば、北朝鮮は鑑定結果にいちゃもんをつけるのがむずかしくなったはずだ。

だが、日本政府は日本だけで鑑定を行った。わたしが懸念するのはそのような甘さと危機感の欠如だ。

たとえば逆の立場だったらと考えてみると、わたしたちは北朝鮮が何かを独自に調査したり、科学的な鑑定結果を出してきたりしても信用しない。敵対関係にある国というのはそういうものだ。わたしたちが北朝鮮を信用しないのと同じで、北朝鮮も日本政府を信用していない。第三者の存在が重要になるのはそういうときなのだが、北朝鮮が横田めぐみさんのものだといった遺骨鑑定において、第三国の専門家に協力してもらうという発想はどうやら日本政府にはなかったようだ。そういう発想が皆無な、危機感の欠如した政府が、非常にデリケートなイシューである経済制裁を行えるのかどうか、わたしにははなはだ疑問だ。経済制裁を行えば、まず北朝鮮は六カ国協議への参加を拒むだろうし、たとえ受け入れたとしても日本の参加を拒むだろう。日本政府は、北朝鮮を巡る六カ国協議から外れても経済制裁を発動するかどうかを判断・決断しなければならない。

北朝鮮への圧力は、周辺諸国、特に中国の協力を得ることが何よりも重要だ。情報が少ないから何とも言えないが、北朝鮮は現在中国の真似をして経済に限定して改革開放政策を歩み出している。中国、それに韓国は、金正日政権の崩壊を望んでいないと思われる。現在考えられる金正日政権の崩壊パターンは軍部によるクーデター以外にない。軍以外に金正日を倒せる勢力は北朝鮮にはない。

だがそこで問題になるのは、クーデターを起こす軍勢力は民主派ではなく反米反韓の強硬派だということだ。その結果北朝鮮はさらに不安定な国になるかも知れない。

いずれにしろ大量の難民が中国国境に押し寄せ、また三八度線を越えて韓国になだれ込んでくるだろう。そんな事態を望む政府はどこにもいない。だから中国と韓国は結局、金正日体制を崩壊させようとは思っていないはずだ。金正日政権が崩壊したあとの受け皿をイメージできないし、大量の難民は受け入れ国を極度に不安定化するからだ。

したがって、中国と韓国は、六カ国協議を続けながら、北朝鮮の経済政策が成功するように願っているだろうし、そのための協力も惜しまないだろう。

わたしが考えるのは、六カ国協議における日本の基本的な立場だ。今のところ日本政府は、拉致問題と核問題を同時に解決しようとしている。つまり拉致と核に関して優先順位をつけていない。果たしてそれが正しいやり方かどうか、わたしにはわからない。核は、これからの問題だが、拉致はすでに起こったことで、できる限り早急な現状復帰が求められるからだ。

つまり、「日本は北朝鮮の核問題よりも拉致問題の解決を優先する」という基本姿勢も検討されるべきではないだろうか。核はどうでもいいということではなく、拉致問題のほうが「優先される」ということだ。

北朝鮮が核ミサイルを日本に発射したり、発射するぞと脅すときは、それは即、金正日政権の最後を意味する。それをやったら金正日政権は中国をはじめどこの国からも見放される。つまりわたしたちは、金正日政権が発狂状態になることを恐れているわけで、ひょっとしたらそのことよりも拉致問題のほうがより重要ではないかとわたしは考えることがある。

不況と相撲取り

この原稿が活字になるころは書き下ろしは脱稿しているだろうか。脱稿のことを考えてはいけない。それは執筆中のタブーだ。脳を普段の一一〇パーセントくらい使わなければいけない小説で、脱稿のことなんか考えたら小説の神の罰が当たる。

話題を日本経済に変えよう。しかし経済というと、どうして面白くないという印象があるのだろうか。面白くない学問の代表みたいな感じがあるし、実際に大学の経済学部を出てもまったく経済がわからない人は大勢いる。おそらく苦労して学問を修めた明治以来の多くの先駆者が、勉強＝苦労という常識で教科書を作り学生を教えてきたという理由も大きいだろう。日本の大御所の学者が書いたものは経済に限らず、たとえば分子生物学の「入門書」などでもまるで入門を拒んでいるかのような作りになっている。どうにかしてこの学問の面白さを伝えられないだろうかという作りにはなっていない。

なぜ勉強しなければいけないのかわからないという子どもが増えているそうだ。その質問

12/13/2004
17:56

に答えられる大人は少ないだろう。だいいちそんな質問が子どもから出ること自体、社会の敗北と言うべきかも知れない。昔、勉強はいい大学に行っていい会社や官庁に入るためのものだった。それは個人にはっきりとした利益をもたらしたので、何のために勉強するのかという問いを子どもが持つことはなかった。だが大学を出ても職に就けない状況が続くと、いい大学に行くためという動機付けは破綻《はたん》する。破綻しても、じゃあ何で勉強するのかという明確な答えを大人の社会が用意できていない。だから子どもは、どうしてこんな苦しい勉強をやらなくてはならないのかと問うのだ。勉強した人のほうが、勉強しない人より人生を有利に生きられる、というような考え方はまだ浸透していない。

＊

話題を経済に戻そう。日本経済は回復足踏み状態なのだそうだ。経済学者やエコノミストの中には、すでに景気後退局面に入ったという人も多い。竹中大臣は、景気は踊り場にある、みたいなことを言っているようだ。政府の構造改革のせいで景気が回復したということにしたいので、ここで景気が腰折れしてしまうと困るのだろう。

ただし、わたしは景気が腰折れしたのか、あるいは踊り場にあるのかに興味があるわけではない。そんなことは個人的にはどうだっていい。問題は、前回の景気の谷から数えて三〇ヶ月以上回復期が続いていると言われるが、日本の景気の回復というのは今後もこの程度なのだろうか、ということだ。景気の回復というのはまあだいたいこれからはこんなものですよ、と誰かがはっきり言えば人びとの考え方も変わるのではないだろうか。

前述の竹中金融・経済担当大臣が、昨年参議院選挙に出たとき、渋谷の商店街を遊説していて、ある商店主から、「景気が悪いんですよ。何とかしてくださいよ」と言われて、はいはいとか言って、苦しそうな対応をしていた。政府に加わる前だったら、改革派の竹中さんはきっと次のように答えたかも知れない。「あなたのお店の売り上げに関して政府ができることはもうないんですよ。あなたが努力して商品が売れるようにするしかもう道はないんです。だから政府に頼らずに、どうにかして売り上げが伸びるように工夫・努力してください」

だが政府に入り、選挙に出た竹中大臣はそういうことは言えない。わたしは竹中さんを揶揄《やゆ》しているのではない。二度ほど対談して竹中さんには好印象を持っている。要するに、政府に参加し、選挙に出るというのは事実を伝えると損をすることがあるということだ。政府はあなたのお店の売り上げを伸ばすことはできません、と正直に伝えるとその商店主はどうするだろうか。努力する人もいるだろうが、たいていは政府を恨んで票を投じないだろう。だからそういったネガティブなことは言えない。

大相撲の舞の海秀平さんとラジオの番組で対談したとき、彼はもっともっと不況になって欲しいとオフレコで言った。それは不況で食い詰めた新弟子が続々と入門してきて大相撲が再興するからという理由だった。

確かに日本が貧しかったころは、現在に名を残すような名力士がたくさんいた。プロ格闘技というのは、殴られたり投げられたりすると痛いので、基本的には恵まれた環境で育った人間には向かない。プロボクシングの今の世界チャンピオンの国籍・出身を見ればわかる。ヘビー級のチャンピオンはずっとアフリカンアメリカンで、世界中を見回しても旧ソビエトとか旧東欧以外白人はほとんどいない。減量が必要だったり、過酷なスポーツなので、おいしいものをたくさん食べて育った若い男には向かない。

＊

だが、今日本がまた不況に陥ったとしても、わたしは相撲取りになりたいという若者は増えないような気がする。それは、相撲部屋はしごきがあるし封建的で嫌いだけど飯だけは腹一杯《いっ》食えるというような不況にはならないと思うのと、昔と違って貧乏な子どもや若者が一攫千金《かくせんきん》を狙うプロの世界がスポーツに限らず増えたからだ。わたしも、舞の海さんとは違う理由で、もっと経済が縮小すればいいとずっと思ってきた。不況になればいろいろなことがリアルになって、社会の矛盾などにも人びとが目を向けるだろうと思ったからだ。

だが、最近になって、不況は危険だという風にも思うようになった。不況はまず若者から職を奪うので、社会が不安定化する。不満と不安と怒りを持った若者たちの中で、自ら成功をつかめなかったり、目標を設定できなかったり、プライドを失ったり、そして親にも頼れないというような人びとは極端な行動や考え方に走る傾向がある。

現在の新ナショナリズムの再興、それにオウムに代表されるような新興宗教、あるいは集団自殺、さらにニートと呼ばれる無業者の発生や増加は、長く続く経済の衰退がその底流にある。置き去りにされる人びとは変化や多様性を好まず、いじめの対象を探したり、プライドを回復させるために自分より下級の人びとを設定したりすることがある。アメリカでも同じようなことが言えるかも知れない。ブッシュの再選を支えたのは九〇年代のクリントン政権がもたらした繁栄から、経済的・あるいは文化的に置き去りにされた人たちだった。彼らの多くは宗教に依存し、その政策には問題が多いと知りながら、変化や多様性を拒否するためにブッシュに投票したのだ。

ただし不況が克服され、日本経済が回復しても、その恩恵がどのくらいの範囲の人に及ぶかはわからない。前回の景気の谷は二〇〇二年初頭だったと言われている。現在は三三ヶ月の景気回復局面が続いていると言われるが、景気回復を実感できている人は決して多くないだろう。特に若年層の失業率は高止まりしていて、雇用のパート化やアルバイト化、派遣社員への転換などが進み、安定はないし、過酷な残業や労務管理はいまだに続いている。

そこで最初のほうの話題に戻るのだが、景気回復といってもこれから新しいバブルでも起こらない限り、だいたいこんなものだ、という認識が重要になってくるのではないかと思う。人びとの意識に、景気が回復すれば何とかなるし暮らしは良くなるし仕事も見つかるというような期待感があれば、それが完全に失われたときに、激しい怒りや不満が社会に充満することになる。イラク戦争でも環境保全でも官僚腐敗でも何でもいいのだが、デモでもすれば多少気分は晴れるかも知れないが、今の日本ではデモは流行《はや》らない。そういった元気もない。二〇〇五年も、社会の不安定化は避けられないのではないだろうか。

そもそもイラクに治安があるのか

11/19/2004
1:13

書き下ろし小説は一三五〇枚を超えたが、あと二五〇枚ほど残っている。残りの枚数は、正確にはわからないが、だいたいは想像がつく。うだうだと内面を綴《つづ》る小説ではないので、必要な枚数はだいたい見当がつく。このエッセイでも、新しい書き下ろしのことばかり書いているような気がするが、しょうがないと言えばしょうがない。箱根ではずっと、横浜に戻ってからもほとんどの時間を書き下ろしのために使っているので、他のことを考える余裕がない。書き下ろし以外のことももちろん考えているが、それを文章にしてエッセイなどに書き記そうというモチベーションがない。

プライベートなことだが、インプラントを入れた。手術後最低一週間は禁煙だと医者に言われて、わたしはそれを守っている。あともう一週間禁煙したほうがリスクがさらに少なくなると言われたので、さらにあと一週間煙草《たばこ》を吸うのを止《や》めようと思った。インプラントのリスクは、金属が顎《あご》の骨に根付くときに雑菌が入ってしまうことだ。よほどの免疫力の低下がない限り、からだの内部の細菌類とウイルスが、急に悪さをすることはない。雑菌・ばい菌、寄生虫や細菌やウイルスのほとんどは外部からわたしたちのからだに侵入する。皮膚は角質で守られているが、傷を負うと、そこから侵入されてしまう。傷が大きく深い場合には、自然に傷がふさがる前に感染が起こりやすいので、傷口を縫合することになる。インプラント手術のあとに、わたしも引き裂いた歯茎を縫合してもらった。歯茎の傷口がぴったりときれいにふさがる前にそこから雑菌が入りこんでしまうと、手術失敗のリスクが非常に大きくなる。

専門医と、麻酔医、それに助手や看護師を入れると五人がかりで、三時間近くかかった高価な手術が、我慢できなくて隠れて吸った何本かの煙草でパーになるのはシャレにならない。どう考えても合理的ではない。これを機会に煙草を止めたらどうか、と何人かの人に言われたが、それはまだ決めていない。ただ煙草を吸わないなら吸わないでも平気、という状態にしておくのは合理的かも知れない。国際線の飛行機とか、レストラン、あるいは長時間のミーティングやスポーツ観戦など、煙草を吸えない機会はしだいに増えつつある。吸わないなら吸わないで三、四日は全然平気という状態にしておけば、ストレスが少ない。

＊

イラクや北朝鮮について、いろいろと思いや考えはあるが、書き下ろしのテーマやモチーフと重なる部分も多いので、エッセイとして書けることが少ない。ただし、日本の大手既成メディアの言葉遣いや文脈に関してはよくわからないことが多い。

イラクでは、「治安が悪い」とか「治安が悪化している」という表現がよくある。治安というのは、国家とか政府にとって最優先の課題であって、逆にそれがないと国家とは言えないし、国家である必然性もない。それでたとえば、「歌舞伎町は治安が悪い」という言い方をするときがあるが、その場合でも、歌舞伎町の中にある警察署や交番が、内外の暴力団や犯罪組織などのコントロール下にあるというわけではないし、新宿区役所が武装組織によって占拠されているということでもない。

通常、治安が悪いというのは、多くの犯罪が発生し、犯罪者が多くて、一人歩きは危険だ、みたいなニュアンスで使う。新宿区役所が反体制武装集団に占拠され、歌舞伎町の警察署や交番が暴力団の支配下にあるという事態は、「治安が悪い」ではなく「内乱・騒乱」状態と呼ぶべきだろう。つまり治安というのは社会的な秩序が基本的に守られることで、「治安が悪い」というのは、社会的な秩序が脅かされる場所や場合がある、ということだ。区役所が反体制的な武装組織に占拠されたり、警察署が政府と敵対する集団の支配下にあるという状態は「治安が悪い」とは言わない。それは、「社会秩序が崩壊している」状態、つまり「内乱・騒乱」状態と呼ぶべきなのだ。

昔、ニューヨークのハーレムやスパニッシュハーレムは、「治安が悪い場所」と言われていた。だが、反体制武装組織が行政府や警察を支配下に置いているという状態ではなかった。そんな状態をアメリカ連邦政府は決して許さないだろう。

アフガニスタンにもイラクにも、政府の支配が及ばない地域がいくつもある。アフガニスタンの場合、カルザイの支配が及ぶのは首都のカブールだけで、彼はアフガニスタン大統領ではなく、カブール市長と揶揄されているそうだ。イラク暫定政府も、ファルージャは制圧したが、武装反乱組織はいわゆるスンニトライアングルを中心に勢力を保っているらしい。ある町の警察署が襲われたとか、武器が奪われたとか、武装勢力によって道路が封鎖されているとか、そういうニュースは別に珍しいものではない。

日本やアメリカや、ヨーロッパの国々に置き換えて考えてみて欲しいのだが、たとえば「現在マイアミに通じるインターステイト95号線は、イスラム原理主義の武装勢力によって封鎖されています」という事態を「アメリカは治安が悪い」と言うだろうか。スペインのバルセロナの警察所がバスク解放派の武装集団に占拠されるという事態が続いているときに、「バルセロナは治安が悪い」と言うだろうか。それは、内乱・騒乱状態で、治安が悪いとは言わないのではないか。

＊

だが、一万人を超す軍隊が包囲・空爆・砲撃・掃討作戦を展開したファルージャの状況を、日本の大手既成メディアは、「治安が悪い」と表現していた。「さらなる治安の悪化が予想され、今後のイラク情勢は予断を許しません」みたいなことをメディアは繰り返しレポートしているが、「治安が悪い」という言葉遣いは不正確だ。「一部には内乱・騒乱状態の都市や地域もあります」という言い方が、おそらく正確なのだと思う。だが、大手既成メディアは、そういう表現をしない。一部騒乱状態の都市や地域もある、というような言葉遣いをすると、自衛隊派遣の整合性が疑われるということもあるが、大手既成メディアが単純に自衛隊派遣を推進する日本政府の片棒を担いでいるわけではないと思う。

それでは大手既成メディアは、不正確なのにどうして「治安が悪い」という表現を使うのだろうか。おそらく悪意や世論操作というような陰謀があるわけではない。今のイラクの状況は治安が悪いというような表現では不正確なのではないか、ということを一度も考えたことがないのだと思う。ある状態を表すのに、どういう言葉とその組み合わせがもっとも適当なのか、そういうことを考える人間も組織もたぶん日本の大手既成メディアには存在しないのだろう。

北朝鮮について触れる余裕がなくなった。北朝鮮による拉致被害者の情報提供が充分ではなく誠意が見られないので経済制裁を発動する時期だ、みたいなことが言われているようだ。経済制裁を検討するのは当然だが、経済制裁というのは基本的には脅しのカードとして使うもので、実際に発動してしまうともうそのカードは使えなくなる。

また、これは根本的なことだが、日本政府は、北朝鮮側に、「日本人は北朝鮮の拉致を絶対に許さない」ということをちゃんと伝えているのだろうかという疑問がある。北朝鮮は人間の命を粗末に扱う国で、概念としてのヒューマニズムもほとんど浸透していないと見るべきだろう。ひょっとしたら、国家が特定の国民のために全力を尽くす、ということがわからないのかも知れない。日本社会と日本人が北朝鮮による拉致をどれだけ憎悪しているか、それを当の北朝鮮の実力者に正確に伝えるのはそれほど簡単ではないとわたしは思う。

格差の象徴・腕時計

書き下ろしはまだ終わらない。どうしても新たな取材が必要な箇所に突き当たったので、予定を切り上げて九月末に一度箱根から戻ってきた。今回の書き下ろしに限らず取材が必要な箇所はすぐにわかる。わからないものは書けない、という基本があるが、描写する際に見たことのないものは記述できないのだ。もちろんまったく見たことがないものでも書くことがある。それは、たとえば『五分後の世界』というパラレルワールドを描いた小説の舞台であるアンダーグラウンドという地下世界などがその例で、トンネル採掘現場の写真やビデオなどを参考にして書いていくことになる。

見たことがなくて書けないものの代表は機械・機器類だ。またその機械・機器を誰が使用するかで、どの程度のディテールが必要かどうかが決まる。主人公に近い語り手がその機械・機器を使う場合と、語り手が出会うある登場人物が使う場合では描写のディテールが違う。

10/17/2004
23:38

書き下ろしの話題はもう止めよう。まだ終わっていないのに小説技法のようなことを書いてもろくなことがない。だが、箱根以外でも小説のことしか考えていないし、小説の取材しかしていないので、他にエッセイの話題を探すのがむずかしい。今の日本の大手既成メディアが伝えるニュースはたいていどうでもいいと思ってしまう。たとえばダイエーが再生機構に委ねられることが決まったが、今さらそれがどうしたというのだろう。ダイエーおよびその関連会社の社員以外の誰が興味を持つというのだろう、と思ってしまう。

ダイエーの再生処理の枠組みが決まってこれで不良債権問題はひとまず終わったと言う大手既成メディアも多い。だが本当にそうなのだろうかと思う。本来、市場から退出すべき多くの企業の債務が、銀行の帳簿上帳消しにされたようだが、当の企業も銀行もめざましい利潤を生んでいるわけではないし、利益を生む新しいビジネスモデルが作られたわけでもない。

＊

日本経済を包んでいるのはボーっとして曖昧な「景気回復」という呪文のような言葉だ。先行する指標を見ると景気は回復しているがなかなか国民全体がその実感を持つには至っていない、というようなことが言われてもうずいぶん経つ。景気回復局面はもう三〇ヶ月以上続いているらしいが、ほとんどの会社は利潤を雇用や給与に反映させることができないので、消費に火がつくわけではなく、街中の景気判断も低調なままだ。そして今回の「景気回復」局面でも、景気という言葉の定義付けはなかった。このエッセイで何度も言っているが、景気というのはいったいどういう指標を言うのかがはっきりしない。景気というのは、日経平均株価のことなのか、失業率のことなのか、GDPを指すのか、日銀短観が基準となるのか、はっきりしないし、大手既成メディアはそんな定義付けが必要だとは思っていない。

公共事業の削減、高速道路建設凍結、あるいは郵政民営化というのは確かに制度上の改革であるわけだが、そこには必ず失業と失職という問題がある。合理化でもリストラでも同じことで、それはシステムの変更というよりどこかの家庭の働き手が賃下げになったり失職したり失業したりすることで、それによって子どもが学校へ行けなくなったり、家のローンが払えなくなったりすることなのだ。わたしは、決して公共事業推進派ではないが、大手既成メディアは公共事業が削られると少なくない家庭が確実に金に困るようになるという実情を決して伝えようとしない。それはタブーとなっているわけではなくて、これまでも何度も書いてきた通り、その事実を伝える文脈を大手既成メディアは持っていないのだ。

格差は確実に大きくなっている気がする。年収三〇〇万の人・家庭と、八〇〇万、一二〇〇万の人・家庭では買えるものやサービスが違うということに多くの人が気づき始めている。

わたしが小さいころは、小学校のクラスに一人か二人生活保護を受ける家庭の子どもがいて、銀行の頭取や会社社長の子どもが同じく一人か二人いて、その他の子どもたちはたいてい同じような暮らしぶりであまり差がなかった。

今は違う。年収三〇〇万と八〇〇万では税引き後の可処分所得に差があるというだけではなく、その格差分をピンポイントで狙った商品やサービスが非常に多く、生活感の差が露骨になっている。たとえば友人たちと同じようなブランド品のバッグや服を持つために、ホステスのバイトをしたり風俗で働く女子大生がいるらしい。ワンランク上の、というのはコマーシャリズムの常套句《じょうとうく》としていまだに機能している。商品やサービスがきめ細かくなっている分、その機能は強化されているというべきだろう。

食事で言うと、フレンチの牙城が崩れてイタリアンやエスニックがブームとなって久しいが、それでも月に一、二度、恋人同士で、あるいは家族で三万円から五万円ほどの食事ができるかどうかで生活は違うものになるのだというようなすり込みがすべてのメディアで無自覚に行われるようになった。たとえば六本木ヒルズのような高級指向のショッピング&レストランモールで買い物や食事ができるかどうかが日々問われ続ける。そういった高級消費生活指向は空しいというのは簡単だが、他に充実感を得る手段を持っていない人びとが大半なので、可処分所得で買えるモノ&サービスの差異が「すばらしい人生」と同一視される。

＊

男性ファッション誌では高級時計のブームが続いている。スイス、バーゼルなどの時計市には二〇〇を超える日本のメディアが殺到するらしい。考えてみれば、時計は自らの可処分所得・年収を誇示できるほとんど唯一のアイテムだ。メルセデスやポルシェやフェラーリのキーをいつもいつもジャラジャラさせているわけにもいかないし、アルマーニもヴァレンチノも表にタグが付いているわけではない。ヴィトンやグッチの財布くらい誰だって持っている。そこで時計が格差のある社会での「地位」を表す重要なアイテムとなる。

わたしに興味がなかっただけかも知れないが、あのバブルのころにはフランク・ミューラーやブルガリの時計を見ることはあまりなかった気がする。あのころはまだロレックスとかオメガが主流だった。シャンパンはドンペリだったし、コニャックはマーテルやカミュが主流で、グランシャンパーニュのインディペンデントものは見なかった。近代化が終わって、社会全体に充ちていた活力が沈静化し、格差を伴った多様性がはっきりと目に見えるものとして現れ、消費文化が洗練されていくと、差異をより露《あら》わにする商品とサービスが売れるようになる。ブランド指向はより洗練され、二〇万くらいのものから二〇〇〇万くらいのものまで時計が紹介され続けることになる。

ただし、まだこの国の社会的格差ははっきりと怨嗟《えんさ》を内包するには至っていないと思われる。高級指向の男性誌にはフランク・ミューラーの時計をはめてフェラーリやポルシェに乗り、レストランでラ・ターシュやペトリュスを空ける自慢気な男たちが登場するからだ。社会的格差がはっきりと根付くとそういった男たちはいなくなるだろう。社会的怨嗟は、そういった成功者を標的とする新しい犯罪を生むはずだ。金持ちたちはよりひっそりとその高級ブランド生活を楽しむようになり、そして彼らに向けた商品とサービスがさらに多く生まれることだろう。

社会に怨嗟が根付いても、それが犯罪に収斂《しゅうれん》する間はまだ平和が保たれる。だが、怨嗟に社会性が加わるようになったときにどういう状況が現れるか、まだ誰も言及していない。それは新しい恐怖政治と警察国家の幕開けになるのか、活力を完全に失った社会の国際的な見本となるのか、これからの日本経済の凋落《ちょうらく》の度合いにかかっていると思われる。

現実をなぞる

09/19/2004
21:46

　また箱根にこもって書き下ろしを書いている。これで七回目の箱根ごもりということになる。今回は三週間ほどいて、一〇月初旬に一度横浜に帰り、一〇月中旬からまた箱根に戻ってきて、それでやっと終わりが見えてくるかこないかという感じだが、完成のことを考えると危機感が薄れるので考えない。この小説は、これでもうだいじょうぶということがなくて、このシーンは簡単だろうとかここは書きやすいと思ったとたんに、そんなものいるのかいないのかわからないが「小説の神」に一喝されて悪戦苦闘することになる。小説の神が実在するかどうかはあまり興味がないし、実在するとしてもお供えを捧げたり、経文を唱えながらお祈りする気はない。

　サッカーの中田英寿選手へのメールでもわたしはときどき「サッカーの神」という表現をする。「あいつみたいな手抜きプレーをするとサッカーの神から見放されるんだよ」という風に使う。サッカーは本当に過酷なスポーツで、手を抜こう、楽をしようと思えばどれだけでもさぼれる。筋トレをさぼったり、走り込みをさぼったり、練習をさぼったり、試合でも上手くさぼる選手がいる。そういう選手はサッカーの神から見放されやすい。

もちろんわたしが本当にサッカーの神や小説の神が実在すると思っているわけではない。バリバリの無神論者ではないが、神に依存するのは好きではない。自分が関わる仕事にどれだけのリスペクトを持ち、どれだけのエネルギーを注ぐか、ということを客観的に判断する架空の恐ろしい存在として神という名称を使うだけだ。

書き下ろしの長編小説や劇場用長編映画などの場合、組み合わせるファクターが多くて自分の脳だけでそれらを制御し最良の組み合わせを決定していくのはほぼ不可能だ。現代音楽以外、音楽にはある種の定型があるので比較的組み合わせを考えやすいかも知れないが、それでもオペラとかシンフォニーだとそれは人間の脳に余る作業だと思う。

大長編の書き下ろしの場合、最初は手探りで書き始めることになる。書き出しはこれで決まり、などと思ってしまったら、そこでまず小説の神の怒りを買う。きっとこんな書き出しではダメなんだろうが、とりあえずこれでやっていくか、みたいな感じで書き始める。とりあえずこれでやっていくかという態度は手を抜くとか全力を尽くさないという意味ではない。逆で、これでやっていくしかないかと思いつつ、細部は限界まで厳密に描写し、書いた文章は一言一句、句読点やカギカッコの位置まで綿密に検討して書いていく。

まだ書き終えていないのに、小説作法みたいな文章を書こうとしているのに気づいてゾッとした。これこそ小説の神がもっとも嫌うことだ。小説作法のようなことはいくらでもそれこそ一〇〇枚でも二〇〇枚でも書けるが、そんなものを書くと小説家はもうオシマイだ。なぜなら小説に「作法」のようなものはないからだ。小説は自由で、ある程度自律性があり、少しでも緊張を解いてしまうと自己循環と複製の罠に落ち、あっという間に定型の中に堕落してしまう。

＊

簡単に言うと、それまでの自分の作品を「なぞる」ということだ。なぞるというのは、小学生低学年のころ、薄い点線で描かれた漢字の上から鉛筆で「なぞっていく」という書き取りの練習をするがあれとまったく同じだ。自分が今まで書いてきた作品の物語の構造を模してそれをなぞっていく。やっかいなのは、本人にも「なぞる」という感覚がない場合が多いということだ。自分では独創的な作品を書いていると勘違いしていて、他者が見れば今までの作品と似たようなことを書いているのがわかる、みたいなことは本当に多々あることで、日本の小説の大半がそういったものだとわたしは思っている。

ただ小説家も生活していかなくてはいけないので、ある程度の自己複製は許されるだろう。

同じ構造でほとんど同じ内容の小説でも、安心できるので喜ぶ読者がいるし、「＊＊節」とか「＊＊調」とか「＊＊ワールド」というようなわけのわからないおべんちゃらの言葉もあるくらいだから、需要がないわけではない。自己複製を不満に思わなければ、そしてその質が高ければ、悪いことでも間違ったことでもないのだろう。ただわたしは「なぞる」のが嫌いなので、自己複製に陥るくらいなら小説を書くのを止めるだろう。自己複製の小説を書くのは、つまらない。極端な集中や緊張や、面倒くさい取材や資料読みが不要な代わりに、やる気が起こらない。

それにしても、なぞる、というのは現代日本文化のキーワードかも知れない。現在流通しているほとんどの小説は過去の物語をなぞっているだけのものだし、音楽も過去にリアルだった歌謡曲や演歌の旋律や歌詞をなぞっているだけだ。だがそれは傾向としては世界的で、キューバや中東やアジアの一部のような地域を別にして、もう「人の心を打つ」ポップスは作れないという事実から、自覚的に「なぞる」リミックスのような方法も一般化した。

強く美しい物語を生み出す国民的・民族的な悲しみが全般的に薄くなった時代には「なぞる」ことが唯一の方法になるのかも知れない。テレビドラマは、かつて高度成長時代に大衆に支持された悲劇をなぞるために、主人公の属性や環境をより過酷に設定する。つまり障害を持っていたり、在日韓国人のようなマイノリティにしたり、極端な場合には宇宙人や幽霊や動物の霊が人間の形をしてヒロインやヒーローになることもある。「なぞる」ことが好きというか、「なぞる」ことへの抵抗感や自覚が少ない日本社会の特性はロボットにも表れている。日本がリードするロボットはどういうわけか人型だ。同じSFロボットでも、『スターウォーズ』のロボット群と『鉄腕アトム』を比べてみるとよくわかる。また、ホンダやソニーが作る人型ロボットは世界的に見ると特殊だという指摘もあるようだ。

当然のことだが、惑星探査や戦争や危険物処理にロボットを使う場合には人型である必要はない。スピルバーグの映画『マイノリティ・レポート』に登場した人の眼球の虹彩に反応して逃亡者を捜査する昆虫型のロボットは本当にリアリティがあった。そしてたとえばアイボのような犬型ロボットはその対極にある。アイボは、犬の特性を活かして軍用犬のような働きをするのではなく、生きている犬らしく、つまり生きている犬にどれくらい近い仕草ができるかというテーマで作られている。

アイボの愛好家たちは、アイボの犬に似た仕草を「可愛《かわい》い」と言う。それは、愛好家たちが持つ「可愛い」という概念をなぞるように作られているからだ。もちろんアイボは、ウンコもしないし、寄生虫が湧《わ》くこともないし、死んでもウジ虫がたかることもない。勘違いしないで欲しいが、だからアイボはダメだと言いたいわけではない。「なぞる」というコンセプトで作られているということを確認したいだけだ。

まったく話題は変わるが、このエッセイで何度か取り上げたジェンキンス氏が座間の米軍基地で憲兵と一緒に散歩している映像を見て唖然《あぜん》としてしまった。銃殺になったりするのは避けて欲しいと思ってきたが、まるで賓客のような扱いを受けているのには驚いた。政治権力というものは、結局自身の都合のいいように個人を裁くのだ。イラクで命令不服従や脱走で罪に服したり銃殺されたりしているアメリカ軍兵士が、ジェンキンス氏のあの散歩の映像を見ることはおそらくないのだろうが、もし目にしたらいったいどう思うだろうか。

衰退し続ける大手メディア

最近メディア批判をすることが多くなって、同感だというメールや感想をもらうことも増えた。その思いに程度の差はあるものの、多くの人が現在の日本のマスメディアの報道に異和感を持っているようだ。わたしのメールマガジンＪＭＭの過去の座談会や寄稿家の回答の中でも、マスメディアと教育が旧態依然として現状への対応ができていないことが重大な問題となっていると指摘されてきた。

既成のメディアには、日本はどうしてこれほどダメになったのか、というような問いが目立つが、日本経済も日本社会もダメになってしまったわけではない。内外の変化に対応できていないだけだ。内外の変化というのは、冷戦の終了と新しい世界秩序、情報通信革命と経済のグローバル化、それに伴う民間企業の経営の変化と多様化などで、中でも重大なこととして終身雇用の崩壊がある。

かつて自民党は、「自民党が変わらなければ日本は変われない」というひどい勘違いのキ

08/22/2004
23:52

ャッチコピーを作った。多くの日本企業や日本人が変化に対応するために努力しているとき、対応がもっとも遅れているのが自民党とその支持母体だったのに、そういうアホなコピーを作ってしまって、さらに「時代遅れ」を宣伝する結果となったのだった。たとえば財政投融資のような、高度成長時には有効だったが今は機能不全に陥っているシステムに、いまだに依存しているのが自民党だ。つまり、以前は有効だったシステムに既得権益に縛られていまだにしがみついている、ということで、それが「内外の変化に対応できていない」ということだ。その最たる部分が、教育とメディアだが、教育は子どもという「生きもの」が相手なので、はっきりと症状が出る。子どもは生きているので、外部環境との摩擦が大きくなると変調をきたしてシグナルを送る。それが「いじめ」や「社会的引きこもり」や「一部の暴力・少年犯罪」となって、可視的な症状となる。

＊

だがマスメディアの「病態」は症状がなかなか現れない。症状としては、せいぜいプロ野球中継の巨人戦や紅白歌合戦や大河ドラマの視聴率が下がり続け、大手出版社が出す総合・おじさん・女性雑誌の部数減少に歯止めがかからないことくらいだ。そのことで確かにマスメディアには焦りはあるだろうが、社会との大きな摩擦はないし、大手広告代理店や在京の民間キー局や大手出版社が潰れそうだとか買収されそうだという話は聞かない。潰れたり経営不振に陥っているのは地方の民間放送局や中小の代理店、制作会社、出版社だ。

たとえば大きすぎて小回りがきかず時代の変化に対応できないのではないかと言われた電通だが、いまだに生き延びていて売り上げを伸ばしている。また規制が少し解除されたあと、民間のFM局が多く生まれたが、東京FMを脅かすような事態は生まれなかった。放送通信事業規制で唯一の民間FM局だった東京FMの一人勝ちが強化されただけだった。社会変化の過渡期だというのにどうして既成大手メディアは潰れるどころかより強くなるのだろうか。わたしの推測だが、だいいちに体力の強さがあるのだろう。資本力、営業力、人材の差ということになる。なんだかんだ言って、大手メディアはバブル期に巨大な利潤を上げた。その資金を溜め込んでいる。また宣伝媒体としての信用力と、企業とのパイプも持っている。どうしてこんなバカがこんな有名大手メディアにいるのだろう、というようなひどい社員も多いが、中には優秀な人材もいる。さらに日本ではいまだに企業の買収・合併が一般的ではない。

しかし、既成大手メディアがちゃんと潰れてくれない理由はそれだけではない。時代状況が変化しているといっても、まだ変化に対応できない人や変化を受け入れたくない人のほうが多い。それが最大の理由だ。マスメディアは言葉通りマスを対象としている。放送の場合、ブロードキャストという名称があるように、不特定多数の視聴者を相手にしている。自民党の支持母体と大部分重なる日本の保守層は、いまだに全国民の過半数を占めている。社会の変化によって不利益を被る人びとだが、その数は意外に多いし、また自民党の支持層だけにとどまらない。労働組合や反グローバリズムの旧革新派にも大勢「新守旧派」がある。

勘違いしないで欲しいが、わたしは金融グローバリズムを信奉し競争経済を無条件・無批判に讃美したりしているわけではない。わたしがこのエッセイでテーマとしているのは既成大手メディアの旧態依然とした文脈についてで、日本経済のビジョンではない。おそらく日本の七割から八割の人びとが変化を嫌い、恐れていて、その層を既成大手メディアは取り込むことによって潰れないですんでいるのだ。彼らは、「世の中は基本的に今まで通りで、急激な変化は起きないだろう」という安心が欲しいので、今まで通りの文脈に従って報道し発信する既成大手マスメディアのコンテンツを受け入れる。彼らは、特定のイデオロギーを持つわけではないので、「地方の土建業者」とか「中小企業の組合員」とかそういったはっきりした色分けはできない。

その中のおじさんたちが「週刊ポスト」や「週刊現代」を買い、その中の女たちが女性週刊誌を買って昼のワイドショーを見て、若者たちがテレビの連ドラやバラエティを見ている。もちろん、テレビの連ドラやワイドショーを見ている人のすべてが「新守旧派」ということではない。そういった区分けそのものが既成大手メディアの文脈に属すものだ。わたしが言いたいのは、既成大手メディアの文脈を支えているのは、変化に対応できないために変化を歓迎しない層だということだ。

＊

既成大手メディアの罪は誤解されている。「怠慢」であるとか、スポンサー企業との「癒着」とか、あるいはニュース番組の放送時間が短いとか掘り下げ方が甘いとか、取材やその姿勢が不充分であるとか、記者クラブに代表されるように「横並び意識」が強いとか、アフガニスタンやイラクのような紛争地域の直接取材をインディペンデントのビデオジャーナリストにまかせっぱなしだとか、そういったことがよく指摘される。それらは日本に限らず大手メディアに宿命的な病巣で、文脈に関わることではない。

大手新聞が取材チームを作ってたとえば雇用や教育に関する「特集記事」や「連載レポート」を書くとき、必ず象徴的に見える具体的な個人や企業や集団を紹介する。雇用だと、大会社を辞めて起業した人とか、有機農業を始めた人とか、中高年の再就職幹旋のＮＰＯを作った人とか、再就職のための職業訓練に助成金を出す自治体などだ。

問題は、それが間違っているということではない。それらの具体的な個人・企業・集団・

自治体が、決して「全体」を「代表」してはいないということだ。大企業を辞めて有機トマトを作り成功した人がいても、それは全体を代表しているわけではなく、その人が必死で考え抜き努力した結果必然的に成功したに過ぎない。

アテネオリンピックでは、金メダルを取った英雄たちがまるで自分たちのために戦ってくれたかのように喜ぶキャスターやアナウンサーが目立った。もちろん金メダリストたちの栄光は、彼ら自身のために過酷な訓練を課し、彼ら自身のために集中して努力によってもたらされたもので、日本国民を喜ばせ元気づけたとしてもそれは結果であって動機ではない。彼らの快挙は他の日本人にとって何の参考にもならない。わたしは卓球の福原愛選手を応援したが、それは彼女が切実に戦い、しかも可愛らしかったからだ。

従米から反米への道

07/19/2004
22:01

ジェンキンス氏が来日した。曽我ひとみさんは家族そろって日本の土を踏むことができた。メディアは大はしゃぎで病院まで追い回しているが、これからはもっともっとそっとしてあげるべきだと思う。

わたしはジェンキンス氏があっさりと日本行きに応じたので驚いた。北朝鮮に未練があるというわけではもちろんなくて、北朝鮮に三〇年あまり居住した日本語を話さない六四歳のアメリカ人が、佐渡という見たこともない異郷に住むのは抵抗があると思ったのだ。日本のメディアは、家族そろって日本に住むのが当然だと決めている。もちろんわたしも北朝鮮よりは佐渡のほうが一億倍くらいいいところだと思う。だが、妻の故郷とはいえ、六四歳になって見たこともないところに住むことを想像して欲しい。少なくともわたしは今から他の国へ住めと言われたら当惑するだろうと思う。だからジェンキンス氏も大変だろうと思っていた。

最近ジェンキンス氏のことばかり書いているような気がするが、この問題は、日本とアメリカと北朝鮮を結ぶ複雑な悲劇なので、いろいろなことを象徴しているのだ。アメリカ軍の訴追に対する日本政府の危機感のなさとか、ジェンキンス氏や二人の娘さんを巡るメディアの脳天気な報道ぶりとか、ジェンキンス氏は佐渡でいったい何をして過ごすのかということを彼の側に立って考えてみるとか、そういったことだ。

ジェンキンス氏があっさりと日本行きを決めたのに驚いて、わたしは二つのことを考えた。一つは、不謹慎だが、ジャカルタで判明したジェンキンス氏の病気はアメリカをあざむくための「仮病」ではないかということで、もう一つは、ある意味で極限状態に暮らしていた人は移住する土地で何をするかなどとは考えないということだ。

仮病というのはもちろんわたしの不謹慎な勘違いだろう。だが日本政府にはそのくらいの狡猾《こうかつ》さを持って欲しいと思った。つまり病気だとして人道上の配慮を得て日本到着時の拘束を避け、「治療」する間にアメリカと交渉し、ジェンキンス氏の日本での生活を既成事実化するという戦術だ。だが杖をついて羽田に降り立ったジェンキンス氏の様子は痛々しく、とても仮病などであるはずがないと思った。

＊

訴追に関して、小泉首相は一貫して「強い信頼関係にある日米なので、協議を重ねて何らかの解決法を探す」というような言い方をする。メディアもそれに関して決して突っ込まない。だから国民は、きっと何とかなるのだろうと期待するだけで、問題がどこにあるのか決して明らかになることがない。アメリカは多民族国家で、その基盤は法だ。ブッシュがデタラメをやるようになって国論は分裂し、覇権がいつまで保つか、いやそもそも覇権を維持する意志があるのかというような状態になっているが、それでも法へのリスペクトは日本とは比べものにならないほど強い。日本の場合は、たとえばご近所の問題を裁判所に持ち込むと、「裁判沙汰」ということで歓迎されない。裁判沙汰という熟語そのものに、裁判が一般的ではない社会が表れている。

法がすべてで、法が崩壊するとすべてを失いかねないアメリカの常識に照らすと、ジェンキンス氏の訴追を免除する根拠は何もないことに気づくはずだ。「北朝鮮にさらわれ北朝鮮内に監禁されるという悲劇的な体験をした日本人女性の夫だから」というのが訴追免除の理由になるだろうか。勘違いしないで欲しいが、わたしはジェンキンス氏の訴追が免除になって欲しいし、曽我ひとみさん一家は佐渡で幸福に暮らして欲しい。わたしが異和感を持つのは、日本政府が何とかするだろうという根拠の希薄な期待を醸成させる無責任な日本のメディアだ。

いずれにしろ訴追を免除してもらうためにはアメリカ政府と「政治的な」取引をするしかない。アメリカ政府も軍や国民に対して説明責任を負っている。アメリカ政府は国民に何と説明するのだろうか。駐日アメリカ大使が司法取引を匂わせたらしいが、アメリカ政府は、たとえ「従順な協力国である日本のことを考えると訴追免除は仕方がないかも知れないな」とどこかで思っていても絶対にそんな素振りは見せない。実際にこれまでも、ジェンキンス氏が日本に来たら身柄を拘束するという以外に公式の発言はない。日本のマスコミの曖昧で根拠のない報道は、「建前ではアメリカ政府関係者はそう言っているがたぶん日米関係は良好なのでどうにかなるだろう」という空気を生む。

ジェンキンス氏が訴追を免れるにはどういう方法が考えられるか、そしてそれは可能なのか、という問題なのだが、決してそういう風には語られない。わたしたちの知らないところで偉い人たちが話し合って決めるだろう、というのが基本的なスタンスだ。いつまで経っても問題は明らかにならず、曖昧な心情や情緒だけが醸成されていく。

＊

イラク戦争への支持に関する世論もそういった曖昧さが見られる。ＣＩＡの文書が公表されたり、イギリスの独立調査委員会が報告書を出したりして、開戦当時イラクには大量破壊兵器はなかったというのが常識となりつつある。だが、騙されたと怒る人は日本にはほとんどいない。それは、多くの日本人が怒りを忘れているからではなく、日本人のほとんどはイラクに大量破壊兵器が本当に存在するのかどうかどうでもいいことだったからだ。911以後のブッシュ政権の怒りはものすごくて、アフガニスタンの空爆などを見て、これは恐ろしいと思った日本人の多くは、「アメリカが攻撃したいと言っているのだからこれは従わないと恐いし、損だ」と思っただけで、戦争の大義などどうでもよかったのだ。

今アメリカの政策に反対するとえらい目に遭う、という恐れが、日本政府のイラク攻撃支持の理由だったし、そのことを国民はちゃんと「あ・うん」の呼吸で見抜いていた。日本政府は、今イラクを攻撃しなければテロの危険が高まるし中東の安定もないなどと思ってアメリカ政府を支持したわけではないし、それは日本社会大得意の「あ・うん」の呼吸によって多くの国民にも理解されていた。大量破壊兵器なんかどうでもいいんですが、北朝鮮の問題もあるし、ここでアメリカの言う通りにしないと日本は大変なことになるんですよ、と日本政府は正直に言えばもっとわかりやすかった。だから、イラクに大量破壊兵器はなかったと今になってわかっても誰も怒らない。大量破壊兵器があろうとなかろうとそんなことはどうでもよくて、アメリカに従うのが合理的かどうかという判断に沿って決めたことだからだ。

メディアは、大量破壊兵器が本当にあるのかという問いではなく、今のアメリカ政府に従ったほうが本当に合理的なのかという問いを立てなければならなかったが、そんなことができるわけがない。

　メディアが生み出す日本政府と国民との曖昧で情緒的な了解には大きなリスクがある。問題を明確にして論議したわけではないので、想定外のことが起こると亀裂が生じる。またアメリカが日本と距離を置いた外交を始めると、「アメリカの大義はどうでもよくてアメリカに従ったほうが得だから」という理由でアメリカを支持してきた政治家や国民は間違いなくあっという間に強硬な反米に走るだろう。

　メディアは問題を明確にして、どういう解決策があって、どういう条件でそれは可能なのかということを問わなければいけない。だが今のメディアには無理だ。

無意味な心意気と誠意

06/20/2004
17:31

前回、日本政府はアメリカ政府・軍にジェンキンス氏の訴追免除を公式に要請したのかどうか、どうして日本のマスメディアは明らかにしようとしないのかと書いた。アメリカ・ジョージア州で行われたサミットで、小泉首相は、ブッシュ大統領に対し、ジェンキンス氏の訴追免除を要請することはせずに、曽我ひとみさんが置かれている立場を説明したらしい。首相が訴追免除を要請して大統領がノーと言えば、それで話が終わってしまう。それで小泉首相は公式な要請をせずに、曽我ひとみさんの立場を説明するにとどめたのだという。

わたしが日本政府によるジェンキンス氏の訴追免除要請の有無にこだわるのは、そのことが日本のマスメディアの取材態度の曖昧さの象徴だと思えるからだ。

わたしたち一般の国民は、ジェンキンス氏の訴追免除がどのようなルートと形で行われているのか、正確には知らないし、それを知る立場にいない。情報を管理しているのは外務省であり政府だ。外交においては国家機密に関わるデリケートな問題が多いので、基本的に政府は交渉過程の詳細を公表したがらない。交渉過程の詳細が途中で洩れてしまうと、世論がそれを曲解したり、過敏に反応したりして、交渉そのものがうまくいかなくなる可能性もある、ということだ。だが政府があえて交渉過程を公表することもある。それは世論を味方につけて相手国に重圧をかけるような場合だ。

外交はさまざまなルートで行われるが、条約を締結するような場合には政府は国会に対する説明義務や国会の承認を必要とする。国会に対する説明義務というのは、メディアを通じて国民がそれを知ることができるということだ。常識的に考えると、外務省の事務レベルでのやりとりの過程でその詳細が公表されると、そのあとの外交交渉がやりにくくなるということだろう。ただ、その場合も、なぜすべてを公表できないのかを明らかにする必要がある。それはマスメディアの役割なのだ。

＊

原則的にはジェンキンス氏の訴追問題は、日本の問題ではなくアメリカ政府・軍の問題だ。日本人拉致被害者の夫であり、北朝鮮による被害者であるかも知れないので、特別に訴追を免除してもらえないだろうかという要請がそもそも可能なのかどうか。内政干渉になるので原則的には無理だろう。「良好な」日米関係の中で、そこを何とかできるのかどうかを探るのが外交交渉ということになるが、日本のマスメディアの報道にはそういったニュアンスはない。

イラクでは米軍の士気が低下しているらしい。神経症を患う者が増えていて、脱走兵も少なくないと聞く。刑務所での虐待事件などもあり、さらに大統領選挙を控えた今の時期に、アメリカ政府・軍が過去の脱走兵の訴追を免除するのはむずかしいだろう、というような「解説」みたいな記事や報道は掃いて捨てるほどある。だが原則的には内政干渉に当たる訴追免除要請がそもそも可能なのか、何か取引としての条件が考えられるのか、あるいは拉致被害者の人道問題として交渉するのか、というような論議の前提となる報道はない。

そういった解説だけの報道姿勢は、たとえばサミット後に小泉首相が発表した自衛隊の多国籍軍への参加問題にしても同じように見ることができる。自衛隊が多国籍軍に参加することが憲法違反の疑いがあるとか、国会や野党を無視しているとか、多国籍軍の指揮権下には入らないというがむずかしいのではないかとか、そういう「解説」だけがマスメディアにはあふれている。

まず自衛隊の多国籍軍への参加に関して、どこから要請があったのかということをマスメディアは決して問わない。国連安保理が多国籍軍の派遣を決めて、事務総長または多国籍軍司令官から公式な参加要請があったのかどうか。また主権を移譲される新イラク政権が日本に公式な要請を行ったのか、あるいはブッシュ大統領が小泉首相に直接多国籍軍に参加して欲しいという要求をしたのか。書き下ろしの執筆でずっと箱根の山の中にこもっていたので、そういったニュースに接していないだけかも知れないが、わたしはわからないし、なぜメディアがその点を明らかにしようとしないのかも不明だ。

わたしたちは、アメリカ政府が日本の自衛隊に多国籍軍への参加を希望しているのだろうということを何となく知っている。あるいは、小泉首相はすでにとっくにアメリカ政府にそのことを伝えているのかも知れないと何となく疑ったりしている。だがどこの誰が自衛隊の多国籍軍への参加を公式に要請してきたのか、誰も知らないのではないか。ひょっとしたら誰も公式には要請してきていないのに、小泉首相は多国籍軍への参加を表明したのかも知れないのだが、マスメディアはそのことを明らかにしようとしない。

＊

安保理の常任理事国の中でも、今のところフランスと中国とロシアは多国籍軍への参加を保留、または拒否している。だが土壇場になって彼らが多国籍軍へ参加する可能性もある。その間に「交渉」が行われる。さまざまな条件が提示され、取引や駆け引きが交錯する。それが外交だ。

しかし、最初から最高権力者が「多国籍軍に参加します」と公式な場で明言してしまったらそれはすでに外交交渉ではなく、国内問題になってしまう。つまり外交によって国益を引き出すことができなくなってしまう。どうしてサミットという特別な場で、小泉首相がそんなことを明言してしまったのか、そこにはどういう国益があったのか、わたしにはわからない。マスメディアはわかっているのだろうか。

小泉首相は、ブッシュ大統領に「心意気」と「誠意」を見せたのだろう。だいじょうぶ、自衛隊はそのまま多国籍軍として残しますから、と気前のいいところを見せたかったのだろう。もちろん心意気とか誠意とか気前の良さというのは外交とは何の関係もないし、何の力もない。外交というのはギリギリのせめぎ合いの中でどれだけ相手国の妥協を引き出して、国益を確保するかということに尽きる。国益というのは、往々にして政治家の支持基盤の利益であることが多いが、それでも何とかして利益を引き出すという作業であることには変わりがない。だが小泉首相はまったくそんなことは頭になく、何の交渉もせず、誰もまだ公式には要請していないにもかかわらず自衛隊の多国籍軍への参加を表明してしまった。

憲法違反だとか、順序が逆だとか、先走りとかそういうことではない。外交カードを何の見返りもなくただでさっさと切ってしまって、交渉の余地をなくしてしまうような愚か者が外交のトップにいるということだ。しかもこのことは今後の外交にも多大な影響を与える。

　つまりこれからアメリカ政府をはじめ各国は、アメリカが主導する安保問題に関しては日本政府は交渉を放棄して最初からアメリカに従うだろうという先入観を持つだろう。依頼も指示も命令も受けていないのに、情夫に気に入られようと勝手に先回りしてポジティブに動いてしまう健気な女のようなものだ。そういう女は、拒むわけではなく、ちょっとためらいを見せるだけで、怒った情夫から殴られてしまう。つまり「従順に従うのが当たり前」という先入観は、ほんのちょっとした保留や拒否だけで大きなネガティブサプライズとなる。

　今後日本が安全保障問題でアメリカの指示や提案を躊躇《ちゅうちょ》しただけで、それはそのまま驚きとなって影響が不必要に大きくなってしまうだろう。そんなわかりきったことを日本のマスメディアは決して指摘することがない。

希望的観測による外交

06/04/2004
16:25

小泉総理が再訪朝して拉致被害者の家族五人が来日した。マスメディアは北朝鮮で生まれ育った五人の子どもの適応ぶりを追っているが、どうしてそっとしてあげないのだろうか。蓮池さんの子どもたちが『冬のソナタ』を第何巻まで見たかとか、長女がペ・ヨンジュンをどう思ったかとか、子どもたちがどんなスニーカーを買ったかとか、誰がそんなことに興味があるのか、わたしにはわからない。

拉致被害者で、子どもは北朝鮮で育ったという特別な事情があるにしても、要は「他人の家族」なのだから覗き見するような興味の持ち方は止めるべきだ。マスメディアは、国民が知りたがるからと弁明するだろうが、そんな報道をしなくても不満を持つ国民はいないと思う。マスメディアが報道するから、しょうがなくてヒマな人が興味を持つようになるだけだ。

五人の子どもが日本にやってきたのは喜ばしいことだ。しかし、首相がわざわざ平壌《ピョンヤン》まで出向いていかなければ五人は来日できなかったのだろうか。わたしが行かなければ家族を連れてくることはできなかったと小泉総理は言ったが、それは本当のことだろうか。たとえば外相とか内閣官房長官とかではダメだったのだろうか。そしてマスメディアはどうしてそのことを明らかにしようとしないのだろう。

首脳が相手国に出向いて交渉するというのは、言うまでもなく戦争を除けば外交上の最後のカードだ。本当に首相が行かなければいけなかった、あるいは外相でもかまわなかった、そのいずれかで再訪朝の評価は大きく違うものになるのにマスメディアはどうしてそのことを追及しないのだろうか。

＊

おそらく北朝鮮は、ジェンキンス氏を含む八人の拉致被害者の家族については日本に送り出すことを了解していたのだと思う。その条件の一つが、首相訪朝だったのか、外相訪朝だったのか、あるいは政府高官訪朝だったのかということがわからないと評価のしようがない。

一国の最高権力者がわざわざ出向いて結局日本にやって来たのは五人だけだった。曽我ひとみさんの家族三人は日本に来るのを拒んだ。小泉首相は、本当にジェンキンス氏を日本に連れてくることができると思っていたのだろうか。マスメディアはそのことを総理に質《ただ》すべきだ。日本の最高権力者が説得すればジェンキンス氏が日本行きを同意すると思っていたのであれば、それはただのバカだ。

報道によると、小泉首相はジェンキンス氏に「わたしが（訴追免除を）保証する（I guarantee.）」と言ったらしいが、もしそれが本当だとすれば、根拠のない保証をしたということになる。小泉首相は、日本の最高権力者にすぎなくてアメリカの軍事裁判の訴追免除を保証などできる立場ではない。わたしがジェンキンス氏だったら「こいつは信用できない」と思っただろう。

勘違いしないで欲しいが、わたしは小泉首相を非難しているわけではない。ただ、理解できないだけだ。そしてマスメディアの報道の仕方も理解できない。小泉首相は、アメリカの大統領、もしくは国務長官、あるいは国防長官などと、ジェンキンス氏の訴追免除の確約を取り付けた後に平壌に向かったのだろうか。

もっと基本的な問題がある。日本政府は、ジェンキンス氏の訴追免除を公式にアメリカ軍に要請しているのだろうか。わたしがマスメディアの報道を見る限り、日本政府のたとえば内閣官房長官が、公式にアメリカ軍に対してジェンキンス氏の訴追免除を要請しているとは明言していない。おそらく外務省の事務レベルでやりとりされているのだろうが、日本国として公式に要請しないと国民はその政府の決定を世論として支持できない。つまり日本政府は国民の世論を味方にできないのだ。また国際世論に訴えることもできない。

「日本政府として公式にジェンキンス氏の訴追免除をアメリカ軍ならびにアメリカ政府に要求しました」という正式なコメントがどうして出されないのだろうか。そしてさらに不思議なのは、アメリカに対する公式な要求をしたのかと、どうしてマスメディアは日本政府に質さないのだろうか。公式な要請がない場合は、それは意志がないと思われても仕方がない。アメリカ政府や軍も、日本政府からジェンキンス氏の訴追免除に関して正式な要求があったというコメントを出していない。

おそらく原則的には、ジェンキンス氏の訴追免除の要請は内政干渉になるのだと思う。アメリカ軍の脱走兵をアメリカ軍が軍事裁判にかけるというのは当然のことで、そのことに日本は本来なら干渉できない。だが、そんな国際慣習に盲目的に従うということはジェンキンス氏を訴追から救うことを最初からあきらめるということだ。

＊

奇妙なことに日本社会には公式に態度を表明する、という考え方が希薄だ。面と向かって、法律に則って、「公式に」自らの態度や意志や考え方を明らかにする、という習慣がないのかも知れない。考えてみれば簡単なことだ。「(憲法を拡大解釈して世論や野党の反対も押し切ってイラクに自衛隊を出したことなども鑑みて）事情があるのはわかっているが、こちらの事情も理解して、ジェンキンス氏の訴追を免除してもらえないだろうか」電話して、そう言えばいい。そして、アメリカ政府と軍にそう伝えたと、官房長官が日本国民に伝えればいいだけのことだ。どうしてそれだけのことができないのか、またマスメディアはどうしてそのことを質さないのか、わたしにはさっぱりわからない。

＊

実際に面と向かって言わなくても意は伝わるものだ、という共通理解がこれまでの日本社会にあったのだと思う。言わぬが花とか、フーテンの寅さんの「それを言っちゃおしまいよ」というのは、口は災いの元とか言い方に気をつけろという教訓の他に、黙っていても誠意とか熱意というのは相手が汲んでくれるものだという社会的な一種の約束事として日本社会に流通してきたのだろう。

もちろんそれは親密な共同体の内部での話で、他国との外交という相互理解が困難な場では通用しない。わたしは小泉首相にはいいところがあると思う。その第一はクリーンなイメージだろう。顔もギラギラしていないし、オフの日は料亭で酒を飲むのではなくオペラを見たり音楽を聞いたり本を読んだりしているそうだが、確かにそういうイメージがある。腹が出ていないせいもあるが、金銭欲があるとか、金銭に汚いというイメージがない。おそらく贈収賄といったことには無縁なのだろうと思う。

構造改革については賛否が分かれるが、官から民へという流れを作るのは恐ろしく大変なことなので、小泉首相のような変人の頑固者でなくてはきっと着手すらできなかっただろう。誤解されては困るが、わたしは小泉首相の構造改革を評価しているわけではない。やると言ったことをやっているだけだし、これでも遅すぎたし、不完全な面や妥協も多い。これだけ既得権益層に力がある国で、これほど面倒なことをやってのけるのは小泉首相のような変人で頑固者しかいないだろうということだ。

ただその頑固さは外交ではマイナスになる。致命的になることもある。イラクへの自衛隊派遣は、その是非はともかくコスト&パフォーマンスとして考えると疑問だ。悲壮な決意と儀式でかわいそうな自衛隊を送り出しても、アメリカでも海外でもそのことはほとんど知られていない。自衛隊を出すなら、そのリスクとコストに見合ったパフォーマンスと利益を確保すべきだ。だが日本政府には、これだけ苦労して自衛隊を派遣しているのだからアメリカもその他の国もわかってくれるだろうという希望的観測があるだけだ。総理大臣の自分が誠心誠意で話せば、たとえ元アメリカ兵のジェンキンス氏でも納得してくれるだろうというのは、日本的情念の枠組みで海外の「他者」に対応するということで、そういった外交交渉は危険だ。

だが、小泉首相はもう歳だし、日本的情念で外交を考えるやり方を変えることはできないだろう。より切実な問題はそのことを明らかにできない日本のマスメディアだが、こちらもおそらく変化に対応することは不可能だろう。

イラク人質事件

05/04/2004
15:37

イラクでの人質事件は四月の最大の話題だった。事件の本質的な問題は、今書いている書き下ろしと重なっているので、そのことを除外して考えてみたい。

事件の推移を整理してみると、まず三人の日本人がイラクで武装グループに拘束され、そのビデオ映像が流されて、犯人グループは人質解放の条件として自衛隊の撤退を要求した。政府はその要求を拒否したが、人質の解放には政府として全力を尽くすと言明した。人質の家族は政府に対して、自衛隊の撤退を含む人質解放のための努力を要請した。

やがて一部メディアとネットの掲示板などで、人質とその家族へのバッシングが始まった。人質解放の報道が一度流れたが、その後続報がないまま一週間ほどが過ぎ、やがてイスラム教の指導者が尽力したという形で三人は解放された。だが政府および一部のメディア、それに世論のかなりの部分が、三人の「自己責任」を追及しバッシングした。中には、救出にかかった費用を自己負担せよという声もあった。そのあとアメリカのパウエル国務長官やフランスの『ル・モンド』誌の、三人は人道支援に貢献した、というニュアンスの発言があったりしてバッシングは少し収まり、そのあと事件は忘れられようとしている。

＊

わたしが異和感があるのは、三人の評価と政府の対応がセットになって賛否が分かれているということだ。いわゆる反戦・人権派は、三人は人道支援や報道に関わるすばらしい人、だから政府は「自己責任」などと言わず救出すべき、と主張した。また反戦・人権派を嫌う日本草の根ネオコン層とでも呼ぶべき人びとは、自作自演の疑いもあるし、とにかく三人は自業自得なので救出のために日本国が労力を払うのはバカバカしい、というようなニュアンスのことを主張していた。

わたしは、三人のイラクでの活動をどう評価するかという問題と、日本政府が邦人の救出に全力を挙げるという問題は別だと思ったし、今もそう思っている。まず三人のイラクにおける活動だが、わたしはそれがすばらしいものなのかどうか、留保したい。活動の内容が違うので本当は三人を一緒にはできないが、基本的にいずれの場合も、現時点で本当にイラクに行く必要があったのかどうか疑問が残る。国際人道支援というのは、現地に行かなければできないというものではない。また報道にしても、単に現地に行かないと何も伝えることができないということではないと思う。

国際人道支援というのは原則的に立派なことだが、特別に立派なことだとはわたしは思わない。アルバイトで一〇〇万円を貯めて国際機関に寄付をしても、もちろんそれは立派な国際人道支援だ。ストリートチルドレンは深刻な問題だが、イラクだけではなく他の第三世界の国々にも大勢いる。どうして今の時期のイラクに行かなければならなかったのか、他のどの国でもなくイラクのストリートチルドレンを支援しなければならなかったのか、わたしにはわからない。

劣化ウラン弾の実態調査にしても同じで、イラクだけではなくアフガニスタンにもコソボやボスニアにも存在すると言われている。また対人地雷も劣化ウラン弾に劣らず深刻な兵器問題だし、さらに世界中に拡散し続ける小火器も非常に深刻な問題なのに、どうしてイラクの劣化ウラン弾の実態調査を今のイラクで行わなければならないのか、わたしにはよくわからない。報道にしても、紛争地域は世界中にある。アフリカや中南米やパレスチナだけではなく、チェチェンはもちろん、グルジア、キルギスタンなど、それに東南アジアでも紛争は起こっている。人質の中のフリージャーナリストがイラクへ向かったのは、それがトピックスだったからだろう。つまり日本と世界が注目しているからだと思う。

あのフリージャーナリストが紛争地域取材のための「訓練」をどのくらい受けていたのか

どうかわたしは知らない。紛争地域に出かけるジャーナリストや人道支援ＮＧＯの関係者は、危機管理に関する実戦的な訓練を受けるのだと聞いたことがある。あの三人がそういった訓練を受けていたのかどうかわたしにはわからない。イラクには膨大な数の報道陣が入っているし、アルジャジーラなどイスラム系のジャーナリズムも充実しつつある。またインターネットを使ってイラク側の事実を伝えようとする市民レベルのネットワークもある。

だからあのフリージャーナリストがイラクに取材に行くのは「間違っている」というわけではなくて、わたし個人としてはイラクへ赴く必然性を感じなかったということだ。二人の国際人道支援者にしても同様で、彼らが今のイラクに出かけていく必然性を感じることはできない。

だからわたしは、なぜイラクに行ったのだろうという疑問を持ちながら、でも無事に救出されてほしいと思ってテレビを見ていた。三人の家族構成やその思想的背景などを知りたいとは思わなかったし、ネットに三人を批判・非難する書き込みをしようとも思わなかった。あの時点で三人がイラクに行く必然性を感じない、という部分が肥大して、バッシングにつながったのだとわたしは思う。その背景は単純ではないが、第一に、あの三人は大部分の日本人から特別視された。すばらしい人たちという反戦・人権派も、自己宣伝のゴミだという日本草の根ネオコン層も、三人を「特別な」存在として自分の中で位置づけていたような気がする。

人質になってしまったことは特別だが、その活動は特別なことではない。なぜ今のイラクに行ったのかという必然性が希薄なので、そこは特別だが、紛争地域で人道支援をしたいとかフリージャーナリストとして事実を伝えたいと思い、実行するのは普遍的なことで、普通のことだ。だから人質に取られたりしたら、無事に解放されて欲しいと思いながらニュースを見ていればいいのに、賛否双方が過剰反応した。

＊

第二の背景として、鬱積し、閉塞した気分があるが、それはすでに一般的なことでどんな事件や事象にも共通して言えることなのでここでは言及しない。最大の問題は、三人がイラクへ赴いた必然性が希薄なことと、日本政府に邦人救出の義務があることはまったく別のファクターなのに混同して語られたということだ。「すばらしい人たちだから自衛隊の撤退も選択肢に入れて助けなければならない」のではなく、「ゴミみたいな人間なので政府は救出する必要がなく、もし救出する場合は費用を負担させろ」でもない。

外国で日本人が生命の安全を脅かされる事態になったら、その人間がすばらしい人なのかゴミみたいなやつなのか、そんなこととは関係なく、日本政府はあらゆる手段と方法を選択肢に入れて救出する義務がある。それは義務なので、淡々と遂行するべきもので、自己責任がどうのこうのと弁明するべきではない。もし、あれはゴミだから救出する必要がないというコンセンサスができてしまえば、誰だってゴミ扱いされる可能性がある。ただでさえ外交が苦手な国なので、財政難の折り、面倒な救出など政治家や官僚はやりたがらない。北朝鮮による拉致被害者の家族は、今でこそ世論に支えられて政府や外務省にいろいろな要求ができているが、つい最近まではほとんど孤立無援だった。信じがたいことだが、拉致の事実はないなどといわれ続けたのだ。そのことを忘れるべきではない。

どんなゴミみたいな人間でも海外で拘束されたらあらゆる選択肢を考えて救出するのが国家の義務だと確認しておかないと、将来的に、簡単にネットでの国民投票ができるようになると、海外で拘束された人に対し、救うべきか、放っておくべきかというアンケートが行われ、放っておくべきという回答が多かったら救出しない、ということにもなりかねない。

わたしたちは税金を払っているが、それは、国内海外にかかわらず拘束されたり紛争に巻き込まれたりして自分や家族の安全が脅かされたときに、政府はあらゆる選択肢を考慮して救出するということを条件にしているからだ。今回の人質事件は、いろいろな意味で問題を複雑にした。自衛隊のイラク派遣問題もその本質がさらに見えにくくなった。そして、反戦・人権派と日本草の根ネオコン層との分裂が深まり、議論の基盤となる文脈が失われつつある。反戦・人権派はおもに冷戦時代の文脈で正義をうたい、日本草の根ネオコン層はその胡散臭《うさんくさ》さと偽善性を徹底的に嫌う。どちらが正しいかどうかという議論はすでに意味を失っている。問題はどちらが合理的かということだが、文脈が整備されるか、さらに分裂が深まって議論不能になるのか、わからない。

サラリーマン週刊誌の死

04/02/2004
0:04

わたしが海外で静養していた間に、週刊文春がプライバシー侵害で出版を差し止められるという事件が起こっていた。結局二審で出版差し止めの判決は覆るのだが、出版界だけにとどまらない大きなニュースだったようだ。この事件に関してはさまざまな意見があったようだが、そのおもなものは、「文春の田中真紀子の長女の記事は覗き見的で公共性があるとは言えないが、一審の出版差し止めは行き過ぎ」というようなものだったと思う。

わたしは一審の裁判官は勇気ある判断をしたと思う。正しいか正しくないかは保留するが、国家権力の司法としてはこんなこともできるんだぞ、ということを示す画期的な判決だった。わたし個人としては、一人の有名人として、プライバシー侵害は止めて欲しいと思う。だがジャーナリズムが政治家のスキャンダルを暴くことが法的に禁じられるようになると危険だと思うし、できれば出版の差し止めという最終的な手段は取られないほうがいいと思う。と書くといかにも玉虫色というか、はっきりしない意見だが、ほとんどの人もだいたい同じように思っているのではないだろうか。

　そういう風なはっきりしない曖昧な考え方ではこれからはやっていけないよ、という警鐘の意味の判決だったのかも知れない。出版差し止めが覆されたことに関しては、これで表現の自由が守られたという声が多かった。だが厳密に言うと日本社会には多くのタブーがあり、自由な表現ができるとはいいがたい。また国家権力はその内部に自由な表現を嫌い、できることなら圧殺しようとする装置を備えているものだ。

　たとえば二〇〇一年九月一一日からしばらくの間アメリカではおおっぴらな政府批判が不可能になり、そういった事態はつい最近まで続いた。別に司法が権力をふるわなくても、表現の自由などというものは簡単に封じられることがある。だから表現の自由を守ろうとすることには意味がないと言いたいわけではない。裁判所から出版差し止めを命じられて、これで表現の自由は死んだなどと騒ぐのはみっともないと思うだけだ。権力はその気になればいつでも自由な表現を封じることができて、それに対抗することができるのは、必要とされる情報を正確に伝達するという姿勢と社会的公正さを持つコンテンツではないかと思う。そういった表現・報道の姿勢とコンテンツが国民に支持されることによって、ジャーナリズムは国家権力と戦うことができる。

　日本の大手出版社が発行している一般週刊誌が、それがないと社会不安が起こるような有用な情報を提供しているとは思えない。週刊現代、週刊ポスト、週刊新潮、週刊文春など、今すぐにすべて廃刊になってもデモは起きないだろうし、ほとんどの人は別に困ることもないだろう。娯楽が少なく、政府や芸能人をちゃかすメディアがなかった高度成長時代にそれらの週刊誌は生まれ、カタルシスとしての娯楽を提供してきたが、マスメディアとしてすでに役割は終わっている。

それらの週刊誌は、たとえば、勤め人のことをサラリーマンとひとくくりできる時代のニーズに支えられていた。高度成長時代も格差はあったが、それは「みんな一斉に豊かになっていく」という強烈な一体感に隠蔽されていた。軽自動車を手に入れるのは、大蔵省のキャリアの官僚より造船所の腕利きの溶接工のほうが早いというようなそういう時代だった。大手出版社が発行する一般週刊誌は、微妙な違いはあっても、コンセプトはだいたい似たようなものだった。つまり、サラリーマンのカタルシスとして政治家や官僚や企業家が批判・攻撃され、芸能人のスキャンダルが暴かれ、刑事事件の裏側が推測され、程度の差はあれスケベ心も多少満足させるような風俗情報やヌード写真やエッチ記事がある、というようなものだった。

つまり一般週刊誌は高度成長を支える「普通のサラリーマン」の側に立ち、当然「普通のサラリーマン」のカタルシスに奉仕するメディアだったのだ。高度成長が終わり、当然のごとくバブルが起こって崩壊し、「普通のサラリーマン」という定義が崩れ始め、隠蔽されていた格差が現れるようになった現在、一般週刊誌はその役割を終えてしまった。役割が終わったのに、むりやり継続しているので、それを売るためにはときには極端な編集方針が必要になる。たとえば過激なヌード写真だったり、ありもしない外交的な危機を煽《あお》ったり、他誌がやらないような覗き見的な記事を書くことが必要となるが、とにかく役割が終わっているので高度成長時のような利益は望めないし、発行部数も下降を続けることになる。

さらに一般週刊誌は海外やニューメディアに弱いが、それらのニーズは不可逆的に高まり続けている。スペインで起こった列車テロが、EUの外交に影響を与え、それがアメリカの大統領選に影を落とし、引いては日本の中東や北朝鮮政策に多大な影響を及ぼすが、日本のサラリーマンという団塊を読者にしてきた一般週刊誌はそれらを結びつける文脈を持っていない。せいぜい、首相官邸がテロの標的になるとか、ブッシュとケリーではどちらが日本の利益になるか、というような不毛な問いを立てて過大な危機感を煽り、カタルシスを提供するだけだ。

明らかにスペインの列車テロは日本社会にも影響を与えるのだが、一般週刊誌だけではなく日本のマスメディアはそのことに言及する文脈がない。勘違いしないで欲しいのだが、日本のマスメディアがダメだと言っているわけではない。ダメな部分も、怠慢な部分ももちろんあるのだが、それよりも大きいのは、語り口を持っていないということだ。

たとえば日本の新幹線を狙ったテロの可能性を厳密に検証すれば、それを防ぐための対策など不可能だということがわかるし、日本人全員が狙われることはないこともわかる。一般週刊誌は「日本人全員」の問題としてしか事件や事象を扱えないので、日本人の一部が損害を受けることは記事にできない。

サッカーも野球も海外組が注目を集めるようになって、国内のスポーツスキャンダルそのものの市場価値がなくなってきた。阪神で監督の選手起用法を巡り内紛が起こっているとか、巨人のコーチが選手と口論したとか、そういった記事はもう誰にも注目されない。

＊

一般週刊誌のおもな役割は、国民的なカタルシスだが、それはつまり危機を煽ることで最終的には安堵を与えるという構図を持っている。それは井戸端会議や昔の村社会など狭い共同体でのうわさ話の類で、ひそひそと語り合うことで、「不安なのは自分だけではないのだ」という安心感と、「これだけみんなが心配しているのだから結局は何も起きないだろう」という気休めを生む。いろいろな問題が日本社会の内部で発生し、それを全員一丸となって解決している間は、その姿勢で間に合った。

だが、災いが外から押し寄せ、救済の手段も外部に求めなければならない場合は、うわさ話ではなく、正確な情報が必要になる。たとえばマドリードの列車テロが日本社会にどう影響するかという問いに対しては、バスク分離過激派の犯行なのか、あるいはイスラム系過激派の仕業なのか、厳密な検証が必要だが、そんなことを行う一般週刊誌はない。海外での取材能力がないというより、そんなことをすると雑誌が売れなくなるからだ。

テロの正確な情報など、大多数の日本人は望んでいない。それは体調が悪いときに正式な病名を告げられるのを怖がるのに似ている。いやな情報、自分の生死がかかる情報に関してはできれば耳をふさぎ、接したくないのだ。現代のような不安の時代には、正確な情報よりも、正確な情報に耳をふさいでいられるようなたわいのないうわさ話や、スキャンダルのほうが好まれる。そういった大多数の国民のニーズに合わせるために、一般週刊誌はゴミのような情報を流し続ける。

だが今後、さらに疲弊した国家権力が、国民の目をそらせるために、暴力による監視と懲罰に支えられたタブーを発生させ、自由な表現を封じようとしたとき、今の一般週刊誌は太刀打ちできないだろう。逆に、無自覚に国家権力に奉仕するかも知れない。それは、正確な情報を伝えるのではなく、大多数の国民の一時的なカタルシスを提供するというそもそもの一般週刊誌の役割に依る。国家権力が自由を封じようとするときというのは、ある特定の外国や国内の富裕層などに対する大多数の国民の怨嗟が充ちているときだ。裁判所の判決に一喜一憂するのではなく、国家とはそもそも自由を封じる装置を内包しているものだという強い自覚を持って、ありとあらゆる対抗手段を用意していないといけないが、それを大手出版社に求めるのはもはや無理なのかも知れない。

黙ってついていくわ

03/03/2004
23:18

アメリカのイラク攻撃に対してフランスとドイツが国連安保理で反対を表明したとき、日本ではそのことを懸念する識者が少なくなかった。国際社会が分断されるとか、国連が弱体化するとか、そういったことを指摘する識者が多かった。だが、ハイチ問題では米仏は共同軍を派遣することでさっそく手を組んだし、ドイツの首相はワシントンを訪ねて今後の協力体制を話し合った。ドイツのシュレーダー首相は、ブッシュとの会談が終わったあと、アメリカNBCのインタビューに応じて、「信頼を確かめたが、だからといってドイツが今のイラクに軍を派遣することはない」と答えていた。

フランスもドイツもアメリカと敵対しようという意図を持って、イラク攻撃に反対したわけではないので、協力が必要なときはいつでも手を組める。関係の修復はそれほどむずかしいことではないし、一度意見が合わなかったからといって、それが基本的な関係性を損なうことはない。

アメリカ合衆国と大半の西ヨーロッパ先進国においては、個人でも国家でも関係性の基本に対立があるとよく言われる。それがアメリカ合衆国と大半の西ヨーロッパ先進国だけの特徴なのかどうかはわからない。わたしが知っているたとえばキューバのような国でも、対立は関係性の基本になっている。日本社会では、対立は喧嘩とか仲違《なかたが》いと誤解されやすい。

対立が関係性のベースという意味は、わたしとあなたは違う人間だから意見の違いがあるのが当たり前だ、ということで、別に喧嘩腰になることではない。日本社会では、集団内における個人の均一性が重要視され、個人は集団にとけ込むことを要求されるところがあるので、関係性における対立という概念が希薄だ。本当は、人間は誰とでも基本的に対立していて、利害が一致する場合に仲良くなったり結婚したり一緒に住んだりグループを作ったりするだけなのだが、日本社会では対立があるとそれだけで問題となりがちだ。アメリカのイラク攻撃で、フランスやドイツが反対したことに対して懸念を表明した識者は、日本社会の対立という概念・文脈によるバイアスがかかっていたのだろう。

＊

対立が個人や社会の関係性の基本となっていないことについては、もちろんいい面もある。いい面の代表的なものは「町内の大掃除」などだろう。日本社会では、みんな仲良く一緒に、というのがベースになっているので、ある集団が一丸となってことに当たる場合には力を発揮する。サボったりすると仲間はずれになる可能性もあるし、一所懸命働くと集団内で認められたり地位が保証されたりするのでインセンティブも大きい。もちろん軍隊や、工場での単純労働や、企業活動などでも、関係性の基本が対立ではないという姿勢は長所として働くだろう。

しかし対立が関係性の基本となっていない社会には弱点もある。その代表が外交だろう。外交は、最初から対立する利害を、できるだけ国益を守りながら調整し交渉するものなので、対立がない社会はどうしても不得意にならざるを得ない。相手国が自分たちとはまったく違う考え方をする、という基本がないわけで、そういった国には本来外交という概念が必要ではなく、外交は不慣れというより、わからないといった方が正確なのかもしれない。

今の日本政府には、アメリカと対立すればとんでもないことになるという前提があるようだ。終戦直後からのアメリカとの関係を考えると無理ないのかも知れないが、現在そのような考え方のリスクはこれまでになく高まっている。対立を調整するのではなく、一方的に尽くして尽くして尽くしまくったのに結局最後は見捨てられました、という風になると、ストーカー的な恨みを持ちやすい。何も言わずにあなたについていったのに、どうしてそんなに冷たいの、みたいなことになりかねない。誰もお前についてこいなんて言ってないよ、と相手は思うだろうが、そもそも相手のことなど考えずに尽くしまくるので、あとに残るのは逆恨みだけ、というような事態に陥りがちなのだ。

イラクを巡る大国の動きは複雑化している。アメリカはとにかく早く手を引きたがっているので、国連だろうがEUだろうが、とにかく協力を引き出そうとしている。一方フランスもアメリカと敵対するのが目的ではなかったので、たとえばハイチ問題などで利害が共通すればすぐに協力体制を取ることができる。一方的な協力関係ではないという前提が、交渉の必要性を生み、利害調整において選択肢を増やすことになる。だが、「黙ってあなたについていくわ」という姿勢には交渉というものが入る余地がない。

＊

外交という概念を持たない政府によってイラクのサマーワに派遣された自衛隊は、恐ろしくいびつな任務を押しつけられることになった。わたしは自衛官の友人が多いので、実はどうしても自衛隊びいきになってしまう。だが今回の派遣は、コスト＆パフォーマンスが悪すぎる。サマーワの自衛隊は、自分たちで自分たちを守りながら活動しなければならない。三分の一か四分の一の隊員は、自らを防衛する任務に就かなければならないらしい。

誰が信頼できて、敵はどこに潜んでいるのかもよくわからない。現地の部族社会の実情も、正確に把握するのはむずかしいだろう。自衛隊がイラクに派遣されたことは世界的にほとんど話題にならなかった、という指摘もある。世界から賞賛されるような結果を出すのは簡単ではないだろう。それでも、オリンピックのように、勝利ではなく参加することに意義があるのなら合理的かも知れないが、日本と自衛隊はいったい誰から感謝されるのだろうか。

東チモールやカンボジアのPKOに参加した自衛隊は、他の国のNGOや現地の人びとに感謝され尊敬されていると聞いている。サマーワでの自衛隊の人道援助はおもに給水だそうだ。給水自体は、おそらく感謝されるだろう。だがリスクも多い。自衛隊の駐屯が理由のテロがサマーワで起こり始めたらどうだろうか。自衛隊は駐屯地を攻撃してくる自爆テロに対してはほぼ考えられる限りの対策を取っているようだが、サマーワの街や人びとを守るための軍事行動はできない。

イラクの、サマーワ以外の人びとは、自衛隊が来て人道支援をしているのだと知っているのだろうか。アメリカではブッシュが必ず再選されるとは限らない状況になってきた。万が一民主党の大統領が誕生することになると、当然アメリカの外交政策は微妙に変化するだろう。日本政府は、「アメリカ政府の政策を支持する」と言ってきたわけだが、それは正確に言えばブッシュ政権の政策を支持するということだった。

イラクに関しても、民主党大統領候補のジョン・ケリーは、ブッシュの政策を批判している。ただし、ケリー候補が大統領になっても、ブッシュを支持した日本に対して批判的になるということはないだろう。それはアメリカの安全保障政策にとって、今のところ日本は必要なパートナーだからだ。だが日本政府のブッシュ政権への忠誠心の効果は残らない。逆にケリーが、日本政府はブッシュのイラク政策を無条件に支持したという警戒心を持つ可能性もある。

問題は、自衛隊を送る送らないではなく、またアメリカを支持するかしないかではない。対立があって当然という社会なら、どうせ自衛隊を送るのだったらもっとも効果的な方法と時期を考えるだろう。またアメリカという国が決して一枚岩ではないことを議論の前提にするだろう。おそらく自衛隊の派遣費用は結果的に数百億になるのではないだろうか。ひょっとしたら効果的にお金だけ出した方が、イラクの人びとにより喜ばれたかも知れない。

小泉首相は、ブッシュ大統領に自衛隊のイラク派遣を約束するときに、大統領選での敗北の可能性を考えただろうか。どんなことがあっても日本はアメリカの外交政策に追従すると、世界中が思ったりすると日本外交は選択肢の幅を少なからず失ってしまう。どうせ自衛隊をイラクへ送るのだったら、最初はＮＯと言って、アメリカに具体的な何かを要求すべきだったとわたしは思う。それはたとえば拉致被害者の一人曽我ひとみさんのご主人の元アメリカ兵士の免罪を確約させるとかそういうことだ。小泉首相はひたすらにブッシュの再選を願っているのだろうか。それともすでに念のためにケリー氏とのパイプを探し始めているのだろうか。

決定権と責任

02/02/2004
22:56

昨年のことになるが、WOWOWで『PATH TO WAR』という映画を見た。リンドン・ジョンソンとロバート・マクナマラを中心に一九六〇年代後半の政治状況を描いた映画で、巨匠ジョン・フランケンハイマーの監督作品だ。六〇年代後半といえばベトナム戦争が泥沼と化していたころで、国防長官だったマクナマラの主導で北爆を拡大したジョンソンの次のような台詞が印象に残った。

「わたしはベトナムの共産化を阻止して、ベトナム全土に学校や病院をたくさん作りベトナムの人たちから感謝されたいのに、やっていることと言えば、爆撃でベトナムを穴だらけにしているだけだ」

『PATH TO WAR』を見て、ブッシュ大統領も、よく言われるように石油の利権だけではなく、イラクの人びとを解放し、感謝されたいと本気で思っているのかも知れないと考えた。イラクを食いものにしようとしているのではなく、本当にイラクの人びとを幸福にしてあげようと思っているのかも知れない。ただ、ブッシュの考える幸福と、イラクに住む多様な人びとがそれぞれに考える幸福が大きく違うのだろう。

『ＰＡＴＨ ＴＯ ＷＡＲ』が面白かったのでアメリカの政治映画をもっと見たくなり、久しぶりにオリバー・ストーンの『Ｊ・Ｆ・Ｋ』を見て、さらに『ニクソン』も見た。『Ｊ・Ｆ・Ｋ』はもう五回ほど見ているが、見るたびに違う怖さを感じる。

今回は、自国の大統領を暗殺するような力を持つアメリカの集団だったら、中東の一独裁国に対して戦争を始めるくらい簡単だろうということを思った。オリバー・ストーンが描くアメリカの一部の産軍共同体と極右の連合組織は、ゆるやかなつながりとフレキシブルな命令系統を持っている。その組織はピラミッド型ではなく、はっきりとした組織があるかどうかもわからない。ケネディがいなくなることによって利益を得る、という一点だけで結びついていて、極右政治家、軍の一部、ＣＩＡの一部、軍事産業の一部、警察やメディアの一部、マフィア、それに亡命キューバ人や傭兵たちが群がって、ゆるやかな組織が作られる。

もちろんたとえば「全体会議」が開かれることはなく、リーダーがいるわけでもなく、組織の全メンバーを把握している者もいない。さまざまな異なるグループの人間たちが別個に、計画、準備、実行、事後処理を担当し、ただ目的を達するためと、事実を闇に葬るために全メンバーが一致協力する。

皮肉なことに、現在イラクで反米テロを実行しているグループもそういったゆるやかなつながりを持っていると考えられている。有名すぎるほど有名になった国際テロ組織アル・カイーダにしても、その実体はほとんどわからない。実体というのは、リーダーが誰で、本部がどこにあって、支部がどこにあって、どのような組織構成で、たとえば機関誌でどのような声明を出しているのか、そういったことがいっさい不明だということだ。

＊

さらにアル・カイーダと名乗る国際テロ組織が今のイラクの反米テロを指導しているのかどうかもよくわからない。アル・カイーダやその他のイスラム武装組織がはっきりとした反米連合集団を作っているわけではないようだ。反米という目的・利害が一致しているさまざまなグループがゆるやかな連合体を作っていると考えたほうが合理的だろう。あるグループが情報を得て、他のあるグループが爆弾テロの計画を立て、あるグループが爆弾を作り、あるグループが信管を用意し、あるグループが実行犯を選び、あるグループが車両を準備し、あるグループが牽制役となり、あるグループが証拠隠蔽などの事後処理を担当する。それぞれのグループには決定権が与えられていて、横の連絡網はあるが、総合的なリーダーや指導者はいない。

そういった組織は非常に現代的で、大きなプロジェクトを個別に進めるのに適している。大きなピラミッド型の組織で、中枢のトップ集団が準備、実行、事後処理までの計画を立案し、命令を下して、配下が一斉に動くというようなシステムは現代には向いていないと言われる。第二次大戦の軍隊、あるいは日本の官僚や大企業システムはまさにそういった巨大組織だが、意思決定が遅いし、下部組織に横の連絡網や決定権がないので細かな変化に対応できないのだ。

以前にも書いたが、最近わたしはどうして日本社会には決定権とセットになった責任という概念が希薄なのだろうと疑問に思うことが多い。たとえば自衛隊のイラク派遣にしても、万が一犠牲者が出たときに誰がどういう責任を取るのかが明らかにされていない。マスメディアでは、「自衛隊に犠牲者が出た場合、小泉内閣の責任が問われるだろう」みたいなことがよく言われるが、いったい誰がどういう責任を取るのかが社会のコンセンサスになっていない。

たとえば日産の再生を手がけたカルロス・ゴーンは、二年間でどのくらいのパフォーマンスを達成するかという明確な目標を示しそれが達成されないときは辞めるとはっきりと明言した。そういった責任の取り方は日本社会にはあまりなじみのないものだ。

「自衛隊は戦争をしに行くわけではないから、彼らが戦闘で死んだり負傷したりすることはあり得ない。そのことはわたしが責任を持って保証する。万が一、自衛隊に一人でも戦闘による死傷者が出た場合、決定者であるわたしは責任を取って辞任する」

そういう風に誰かが明言すれば、派遣される自衛官も国民もある程度納得するだろうが、防衛庁長官も内閣官房長官も、総理大臣も決してそんなことは言わない。そういうことを明言した国会議員は一人もいないし、野党もそういった言質を取ろうとしなかったし、マスメディアも責任の所在を明らかにしようとはしなかった。

これで、実際に自衛隊に犠牲者が出れば「責任問題」が浮上するだろうが、いったい誰がどういう責任を取るのかが明らかになっていないので、事態は混乱するだけだろう。野党や一部のマスメディアは「小泉は辞めろ」という要求を出すかも知れないが、「犠牲者が出れば辞任する」という言質を取っていないので、小泉は決して辞めようとしないだろうし、辞めさせることはできないだろう。

＊

そういった責任にまつわる言質に関することは、たぶん「契約」の概念ではないかと思う。日本の社会には契約の概念が希薄だということになる。政府だけではない。たとえばテレビ局で番組を作るときなど、いったい誰が決定権を持っているのかわからないことが多い。映画だと決定権ははっきりしている。製作面ではプロデューサーが決定権を持ち、演出面では監督が決定権を持っている。よくキャスティングボートというが、配役を最終的に決めるのは監督で、その失敗の責任も監督にある。

誰に決定権があるのかがわからないと共同作業はできないが、日本の企業や役所ではそのことが曖昧なままプロジェクトが進むことがある。たとえば住基ネットのプロジェクトを推進したのが誰なのかいまだに明確ではない。大臣が替わって、プロジェクトを実際に立案し計画し準備して実行するのは名前も顔もない官僚なので、もし住基ネットによって重大なプライバシー被害が出ても誰も責任を取らないだろう。自治体の担当者が首をくくることになる。

わたしは自衛隊のイラク派遣の是非を言っているわけではないし、住基ネットの是非を問うているわけでもない。決定権とセットになった責任という概念がないのは非合理的だと思うだけだ。

たとえばこのまま北朝鮮による拉致被害者の家族が戻ってこなかったり、北朝鮮にいるとされる他の拉致被害者の家族の安否がわからなかった場合、いったい誰が、どういう形で責任を取るのだろうか。一昨年いったん日本に戻ってきた五人の拉致被害者を北朝鮮に帰さないと決めた人は誰なのだろうか。そのとき、どういうビジョンで戻さないことに決めて、もし彼らの家族を北朝鮮から連れ帰ることができなかったらどう責任を取ると思っていたのだろうか。

おそらくそういった一連の決定権と責任はすべて小泉首相にあるのだろう。わたしは小泉首相が悪いとか間違っているとか言っているわけではない。どうして決定権とセットになった責任の所在が明らかにされないのか不思議だと思うだけだ。

答えより、設問のほうが重要

01/03/2004
20:00

いつも新しい年が明けたという実感がないが、今年は特に箱根で一人書き下ろしを書いていたので、実感が薄かった。『13歳のハローワーク』という子どものための職業紹介絵本を校了にしてからすぐに、新しい書き下ろしを書き始めた。もう一年以上も準備していた作品だが、『13歳のハローワーク』の出版時期が半年も遅れたので現実的に書けなかった。

昨年の夏ごろからは、早く書き下ろしを書かないといけないのにと、けっこう焦りながら『13歳のハローワーク』を作っていた。そういうときに限って、次々に新規のアイデアが湧いたりするものだ。

昨年の八月、ちょうどキューバのオルケスタがハウステンボスで公演中のころ、わたしは介護と環境のエッセイを書き終わっていたが、伝統工芸と自衛隊の項目が通り一遍ではないかと思ったのだった。これからの雇用状況について「グローバリズムの競争社会」を基本に考えると、抜け落ちてしまうものがあると思った。その代表が伝統工芸で、結局本格的に伝統工芸を調べることになり、自衛隊の取材を含めて、さらに発刊が遅れることになった。

わたしはあまり長い間一つの仕事に関わるのが好きではない。文章を書くのが好きではないので（だったらお前は何が好きなんだと聞かれると、秘密としか答えようがないが）、とにかく早く書き終えたいのだ。これまでもっとも短期間で書き下ろしを書いたのが、『ヒュウガ・ウイルス』という作品で、二〇日間箱根にこもり、四〇〇字詰め原稿用紙五〇〇枚弱の長編を書き上げた。どうしてもそういう作業をやらなくてはいけない状況になれば考えるが、できればそういう極度の集中はもう止めにしたい。

それは、一つには年齢的なことがある。目だけは良かったのだが、PCを使うようになって近視と乱視になったし、もうすぐ五二歳なので当然老眼になっている。長時間パソコンのモニターに向かうと、これはまずいな、というのが自分でもわかる。脳の働きも若いころとは違ってきた。バカになったわけではないが、脳の無意識の領域付近のデータベースから言葉を引っ張ってくる速度が遅くなった。言葉そのものがキラキラと発光するようなメタファーの群れを捉えるのが遅くなったのだ。その代わり当然データベースの総量は若いころより増えている。

だから二〇代で『限りなく透明に近いブルー』や『コインロッカー・ベイビーズ』を書いたときのようにたたみかけるようなメタファーの連続を集中して書いていくのは無理がある。

言い方が老人みたいでいやだが、こつこつと文章を積み上げていくというやり方のほうが合理的になりつつあると思う。しかしよく考えてみると『コインロッカー・ベイビーズ』は、約一〇ヶ月かけてこつこつと書いたわけだから、まあよくわからないが、一つの作品にじっくりと時間をかける年齢になりつつあるのかな、ということだ。

＊

エッセイで執筆中の書き下ろしに触れるわけにはいかない。書き下ろしに触れたくないのは、ネタばらしがいやなわけではなくて、エッセイなどに一部を紹介したり、その作品に関する考え方を示したりすると執筆中の小説への集中が拡散してしまうのだ。

元旦のＮＨＫスペシャルに出た。録画は昨年のうちに済ませたが、利根川進、カルロス・ゴーン、猪口邦子の三氏と対談した。それぞれ印象的で新鮮な話があった。特に、「日本的な秀才は、問いと答えを結びつけることに優れているが、本当にむずかしくて重要なのは、問いを考えることだ」というニュアンスの利根川氏の言葉が忘れられない。問い、質問を考えるのは本当にむずかしい。

わたしはＪＭＭというメールマガジンで、金融・経済の専門家に聞く質問を毎週考えるが、いつも苦労する。問いというのは、素人が専門家に対して発するものだという常識があるが、それは少し違う。まったくの素人というか、その分野に対してまったく無知な人は、質問できない。つまり何を聞いていいかさえわからないということだ。バイオテクノロジーでもITでも何でもいいが、それに対してまったくの無知というのは、何を聞いていいのかわからないということだ。もちろん「そもそもバイオテクノロジーって何ですか?」という質問もあるが、親戚やごく親しい友人以外、そんな質問をしても専門家は答えてくれない。

問いを立てるのがむずかしいというコンセンサスが日本社会には希薄だ。明治の近代化以来、欧米へのキャッチアップを目指してきたということが大きいのだろう。

キャッチアップの過程では、「問い」はあまり問題にされない。なぜ近代化が必要なのかという問いを重要視すると近代化のスピードは鈍る。脱亜入欧の精神で近代化をドライブしないと、先行している国々に追いつけるわけはない。そういったキャッチアップ最優先の、問いを無視したドライブは高度成長まではとりあえず有効で合理的だった。戦争をしたり、戦後は環境を破壊したりと大きな犠牲もあったが、基本的に近代化は必要だったし、特に戦後は国民が一律に豊かになっていったので国を揺るがすような大きな不満もなかった。

そういったキャッチアップの時代の文脈が今も弊害として多く残っている。問いを立てるのは重要でむずかしいというコンセンサスがないこともその代表的な例だ。その弊害は、このエッセイで何度も書いていることだが、教育とマスメディアに現れている。ゆとり教育か学力重視かという不毛な論議だけが目立って、どうすれば子どもの「問いを立てられる」能力を伸ばすことができるか、というようなことはほとんど語られない。

利根川氏は、「ノーベル賞を取るには問いを考える能力がないとダメだ」というようなことを言った。問いを立てる能力が必要なのは、ノーベル賞を狙う科学者だけではない。

作家だって、小説のアイデアが浮かぶのは、答えを発見したときではなく、問いを見つけたときだ。

「八〇万人の中学生が集団不登校になったらどうなるだろうか」

「社会的な引きこもりの青年が旧日本軍の毒ガスを発見したらどうなるだろうか」

それほどはっきりした問いでなくても、他の大多数の人がぼんやりと気づいている疑問にしっかりと遭遇したときに小説のアイデアが生まれる。

＊

小泉首相には、政策を国民に説明しようという姿勢がないとよく言われるが、あの人はあれはあれで説明しようと努力しているつもりなのではないだろうか。誤解しないで欲しいが、小泉首相を擁護するつもりはなくて、質問する野党議員やマスメディアの記者が何もわかっていないのではないのかということだ。

自衛隊のイラク派遣でも、経済政策でも、野党の質問はひどいものだった。どういう質問をすれば、逃げ場を与えずに答えを要求できるのか、おそらく一度も考えたことがないに違いない。

「国際社会と協力してイラクの復興を」と、首相は一〇〇回くらい「国際社会」という言葉を使って、自衛隊のイラク派遣を正当化しようとしていた。「国際社会」に含まれる主要国を挙げて欲しい、という質問は誰もしない。国際社会というのは、それぞれの国が集まってできているわけなので、国名を挙げるのは無理ではないはずだ。首相は、中国とかロシアとかフランスとかドイツとかカナダとか、今のイラクに軍隊を送っていない国を「国際社会の一つ」として挙げることができるだろうか。

イラク問題では首相や外相、それに予算案などでは財務大臣、道路公団民営化では国土交通大臣、そういった責任者への質問は非常にむずかしい。彼らは曖昧な言葉でごまかそうとするが、それは彼らにとっては合理的なことなので、非は問いを発することで金を得ている野党やマスメディアの記者のほうにある。

まず第一に、ニュースなどではほとんど首相や閣僚の「答え」しか紹介されない。首相や官房長官の「答え」は、いったいどういう質問だったのだろうと思わせるようなものばかりだ。それはマスメディアが怠慢だったり、無能なわけではないだろう。問いを立てるのはむずかしいという文脈がなく、問いによって厳密な回答を求め相手を追いつめるという伝統がないのだ。

ただマスメディアは問いの立て方を考えているようには見えない。マスメディアの文脈は、基本的に高度成長時・近代化途上のころと同じで、それが論議を最初から空回りさせている。問いの立て方が間違っているので、いくら論議しても論点が見えてこないし、対立点もはっきりしない。

全体主義というのは、圧倒的な力を持った勢力が他を蹴散らして登場するわけではない。知識層の批判精神が衰弱することで全体主義が台頭するわけでもない。文脈の変化に最後まで気づかなかったマスメディアが、論議の前提を整備できない間に、いつの間にか、国論を一つに限定しないと国民の怒りが収まらないという非常事態を迎えてしまう。そこで全体主義が唯一の合理性として登場するだけなのだ。

可哀相な自衛隊

イラクで外交官が二人殺害された。日本人外交官を意図的に狙ったテロなのか、あるいは単なる強盗なのか、これを書いている一二月初旬の時点ではまだはっきりしない。現地のアメリカ軍と警察の発表が食い違っているし、日本人が誰も現地にいないので情報が取れないようだ。もちろん許しがたい犯罪であることには違いはなく、いろいろな意味で怒りを覚える。

海外の「現地」というのは、そこでサッカーを見たり映画を撮ったりするだけでも、日本との距離を感じてしまう。ゲリラ戦やテロが行われていて治安がほとんど確保されていないところでは、日本との「距離」は計り知れない。つまり日本にいて得ることのできる情報は限られているわけだが、それにしても今回の事件についてはわからないことが多い。

まずティクリートというフセインの本拠地に行くのに、なぜ護衛をつけなかったのかということだ。護衛をつけるとかえって目立ってしまうという指摘もあるが、フセインの本拠地

12/02/2003
23:41

に近い場所での会議に出向くときに、護衛が果たして不要かどうか。判断がむずかしいところだろう。二人の日本人外交官は、日本の外務省からイラクの暫定行政当局への「出向」のような存在で、それが狙われる理由となったという指摘もある。

とにかく情報がない。そして情報がないということそのものが異常だ。テロなのか、単なる強盗なのか。テロだとしたら、バグダッドを出るときから尾行されていたのか。テロリストは、二人の行き先を知っていたのか。襲撃場所をあらかじめ決めていたのか。財布が盗まれていないということは、強盗ではなくてテロだという証だという指摘もあるが、たとえ強盗だとしても、武装強盗が白昼にＡＫを撃ってくるという治安の悪さは異常だ。

＊

情報が取れないということは、米英の占領軍が「現地」をコントロールできていなかったし、今もできていないことを意味する。現地での聞き取り調査を誰がやっているのか。地元の警察にまかせているのか。地元の警察は本当に信頼できるのか。わからないことだらけだが、わからないことだらけの、情報がまったく取れないような地域へ護衛もなく移動するというのもよくわからない。

もしテロだとしたら、二人がバグダッドからティクリートへ移動するということと、その具体的なスケジュールと、それに護衛はつかないという状況まで、テロリストは把握していたということになる。暫定行政当局に関しては、組織がアメリカ寄りだというような批判がイラク人の一部から出ていた。その真偽は別にして、イラク人中心の組織ではないことだけは確かだろう。もしテロだったのだとしたら、そのような組織内で情報が漏れていたということになる。しかも、二人の外交官が護衛なしで出かけたということは、暫定行政当局内に、情報漏れがあるという危機感が共有されていなかったことになる。それも異常なことだ。

＊

北部の、いわゆるスンニ・トライアングルと呼ばれる地域に比べると、自衛隊派遣が検討されている南部は「比較的安全」だという調査団の報告があった。防衛庁長官も、相当に安全だという報告を受けている、というような言い方をして、自衛隊派遣には問題がないのだという含みを持たせた発言をしていた。憲法・特措法によって自衛隊は安全地域にしか行けないという規定があるから、安全だということにしたいのだろうし、また安全であって欲しいと政府は願っているのだろう。民主党を始め野党は自衛隊の派遣に反対しているが、自衛隊がイラクに行って、犠牲者が出れば内閣が倒れると言われている。

不思議なのは、政府は本当に犠牲者が出ないと思っているのかということだ。死傷した自衛官への補償額が検討され、一億円近い補償が決まっているらしい。補償額を決めるということは、政府は犠牲者が出る可能性があると思っていることになる。そして、自衛隊に犠牲者が出れば内閣が倒れると言われているのだ。これはどう考えても変な話で、矛盾している。考えられるのは、小泉首相以下政府が、犠牲者が出ても内閣が倒れることはないと判断しているということだ。

野党は、犠牲者が出れば総辞職するという約束を取ればいいのに、なぜかそういった動きはない。自衛官の尊い命を政争の具にすべきではないと思っているのだろうか。しかしそれはとんでもない間違いで、自衛隊に一人でもテロによる犠牲が出たら総辞職を要求する、という戦術は、自衛隊員のリスクを減らすことになるし、自衛隊の派遣を止めさせることができるかも知れない。

＊

そもそも政府という国家組織は、日本国民の生命と財産の安全を守ることを第一としてわたしたちから税金を取っている。このことは拉致問題などでも同じだが、外国から拉致されるというような言語道断の事件を許すような政府に対しては、わたしたちは税金を払わないというような態度で臨むべきだ。拉致に関しては、首相の平壌訪問のあと被害者の五人が帰ってきて、ようやく国民的な関心が生まれたが、それ以前の政府・外務省の拉致被害者とその家族に対する対応はひどいものだった。

同じようなことが今起ころうとしている。自衛隊も国民だ。安全だと言われていたところで、テロに遭ったら、それは政府が国民の安全を守れなかったということになり、即刻内閣は総辞職すべきだろう。だが、野党を含めて誰もそのことに言及しない。政府が自衛隊の派遣を具体的に決めたら、「わかったから、その代わり一人でもテロに遭って死んだり負傷したら総辞職してください」と責任の所在を明らかにしたほうが、戦術としては有効だとわたしは思う。しかしおそらく政府は、一人でもテロによる犠牲者が出たら総辞職するという確約をしないだろう。確約しないということは犠牲者が出る可能性があることを最初から認めるということで、自衛隊は安全地域に送るという発言と矛盾する。

＊

自衛隊がイラクに行って、テロによる犠牲者が出た場合、それは明らかに政府のミスによるものだ。憲法でも、特措法でも、自衛のためのやむを得ない場合を除いて自衛隊に交戦権はないので、交戦が必要な状況の場所に自衛隊が行き、戦闘かテロで犠牲が出た場合、それは明らかに政府のミスだ。判断と決定においてミスをした人は責任を取らなければならない。

したがって民主党をはじめとする野党及びマスメディアは、政府の判断ミスが明らかになったときにどうやって政府は責任を取るのかと迫ったほうが有効だ。

このエッセイで何度も書いていることだが、責任の所在と、ミスの際の責任の取り方が社会的にはっきりしないのはなぜだろうか。いくら考えてもわからない。民間企業だったら、失敗した経営者は降給になるかクビになる。軍隊でミスをした将兵は査問会議にかけられ、軍事裁判にかけられることもある。テロによる自衛隊員の犠牲というのは、明らかな判断・決定ミスだが、誰がどういう責任を取るのかがいまだに明確ではないのだが、メディアはいっさいそのことについて言及しない。

政府は、「国際社会が強調してイラクの復興にあたっているときに日本だけ傍観するわけにはいかない」とまるでオウムのように繰り返しているが、「国際社会」という言葉にはいったいどの国が含まれていて、どの国が含まれていないのだろうか。たとえばフランスとかドイツは含まれているのだろうか。中国とかロシアはどうなのだろう。またリビアとかレバノンとかイエメンとかシリアはどうだろう。

国際社会という言葉は曖昧で、これまでは曖昧でも別に誰かが死ぬようなことはなかった。だが今回は違う。テロで殺されるという無意味で無慈悲な死が自衛隊員を襲う可能性がある。そういったシリアスな事態に、国際社会、国際貢献という「言葉」がごまかしの手段として使われている。首相や外相や官房長官は、国際社会や国際貢献という言葉からリアリティを奪おうという意図があるわけではないと思う。国際社会という言葉でごまかそうという確信犯でもないと思う。

曖昧で便利だから、無自覚に使っているのだ。そうやって使われるうちに言葉が持つニュアンスが微妙に変わっていく。国際社会とか国際貢献で人が無意味・無慈悲に死んでいくと、その言葉そのものが忌み嫌われるものになっていく。

わたしは別にそのことを憂えているわけではない。言葉のニュアンスが形作られるメカニズムについて語っているだけだ。

姥捨て山を拒否した二人の老人

11/05/2003
10:30

もうすぐ総選挙の投票日だ。この原稿が活字になるころには結果が出ている。自民党はちょっと負けて、民主党がちょっと勝つだろうが、大勢には影響がないと思う。選挙前は、道路公団の総裁や自民党の元総裁・元総理が、辞める辞めないということでもめた。結局藤井という総裁は、道路公団の経理に不透明な部分があったという理由で解任された。だが解任は不当であるとして、国を相手取って訴訟を起こす構えを見せている。中曽根元総理は、比例代表で終身一位とするという約束を守れと党に迫ったが、結局は立候補を断念して、議員を引退した。

藤井、中曽根のそれぞれのケースは違うので、一緒くたにしてはいけないが、二つの騒動は興味深いものだった。道路公団総裁の場合は、いわゆる「詰め腹を切らされる」というものだが、藤井という老人はいまだに納得していない。中曽根元総理のほうは、議員は引退したが、党執行部と小泉首相に対する怒りは収まっていないようだ。藤井という老人と新しい国土交通大臣、中曽根元総理と小泉現総理、どちらが正しいのかというような論議にはまったく興味がない。二人は辞めるべきかそれとも職に留まるべきかという問いにも興味がない。官僚にも政治家にも特殊法人の経営者にも、正しいとか間違っているとかそういった規範や基準はない。腐っているという意味ではないし、でたらめばかりやっているという意味でもない。もちろん既得権益は抱えているが、彼らは、彼らにとって合理的なことをやってきたし、今もやっているし、これからもやっていくというだけで、その他に価値観はない。

終戦後から高度経済成長にかけては、彼らのやり方は日本全体の利益に合致するところが多かった。今は、彼らの利益が効率性を阻害していて、必ずしも日本全体の利益とはなっていないというだけだ。

＊

藤井という元道路公団総裁と中曽根元総理に関して興味深かったのは、彼らが「姥《うば》捨て山」を拒否したという事実だ。「姥捨て山」というのは、近世日本の貧しい農村のシステムで、食い扶持《ぶち》を減らすため男女ともある年齢になると、山に捨てて餓死させるというものだ。それほど江戸時代の農村の農民は苦しい生活を強いられていたとか、自分の親を山に捨てるなんて何て野蛮で非人道的なんだろうと、現代に生きるわたしたちは涙を流すわけだが、実際は少し違うのではないかとわたしはずっと思ってきた。まず、江戸時代の農村の生活がそれほど悲惨だったら、老人の数が非常に少なかっただろう。江戸時代の吉原の遊女の平均寿命は二三歳だったと、読んだことがある。栄養が足りなかったし、病気も多かった。一般人の平均寿命もおそらく三〇代の後半か、四〇歳代だったのでないだろうか。六〇や七〇を越えて長生きする老人はきわめて例外的だったと思う。基本的に江戸時代の農民は壮年期を過ぎるとすぐに死んでいたと思われる。

わたしは「姥捨て山」が存在しなかったのではないかと疑っているのではない。村全体の食料のために人口調節が必要だったら、女の赤ん坊を間引きする方が効率的だが、もちろんそういった「間引き」という嬰児《えいじ》殺しも日常的に行われていた。その「姥捨て山」を描いた深沢七郎の名作『楢山節考』を読むとき、わたしたちは、そこに描かれている前近代的な残酷と無知に目を奪われる。

だが、深沢七郎は前近代的な残酷さと無知ではなく、日本の共同体が歴史的に持つ強制力を暴きたかったのだろうとわたしは思っている。

江戸時代には子どもの人権はもちろん、子どもという概念さえなかったので、嬰児殺しはひんぱんに行われていただろうし、ほとんどの親は罪悪感もなかっただろう。それを非人道的だと非難したり、子どもが可哀相だと涙を流してもしょうがない。近代以前、日本以外でも、たいていの国と地域で嬰児殺しは普通のことだった。労働ができない子どもは人間というよりモノに近かったし、労働できる年齢になるとすぐに大人として扱われた。子どもという概念はなかった。

*

姥捨て山は、前近代の残酷と悲惨と無知ではなく、日本の共同体にフラクタルに存在する強制力の象徴として機能したのだと思う。つまり、まず共同体の間に緊張感を作り出すために、また自己犠牲によって共同体に忠誠を示す装置として、そして共同体の成員は年齢という不可抗力の規定によって平等に自己犠牲を払うという制度として機能していた。『楢山節考』で山に捨てられる年齢が六〇歳だったか七〇歳だったか忘れたが、要するにその年になると例外なく山に捨てられる。山に雪が降ると、凍死するので、餓死やカラスに襲われるよりも楽に死ねる、というような「残酷」なエピソードが出てくるのだが、この作品から読み取るべきことはそういったことではない。

ある年齢に達すると誰もが山に捨てられる。例外はない。家族はその悲劇を受け入れなくてはならない。その悲劇的な慣習に従うことで、まず共同体の成員としての忠誠心を試される。これだけの悲劇を受け入れているのだという自己犠牲が、結果的に共同体内に緊張感のある結束と求心力を与える。共同体に属すことで得られる利益は、孤独ではないとか、みんなが一緒で自分だけが異なることを押しつけられているわけではないとか、そういった物語的なものと、籾《もみ》や種を入手できて、共同で農作業にあたり共同で収穫できるとか、そういった実利的なものと二つある。

＊

そういったシステムは依存によって成立している。個人が共同体に依存し、共同体は個人に自己犠牲と忠誠を要求した上で、庇護を与える。依存と庇護という関係にとって、姥捨て山というシステムは合理的だったわけだ。そういった姥捨て山システムは、定年制や「詰め腹」という制度・慣習に姿を変えて現在にも残っている。残っているというより、依存と庇護を基調にする共同体は常にそういった自己犠牲のシステムを利用するということかも知れない。

いさぎよく辞めない藤井という老人と中曽根元総理に対して、非常に多くの人が嫌悪を示した。それは、二人がアンフェアだとか、悪いことをしているとか、そういった理由からではない。「姥捨て山」という自己犠牲のシステムに従わなかったからだ。

現在でも多くの人が、自分は共同体の成員としての犠牲を払っているという幻想に支えられている。会社や役所で、家族や自分自身を庇護してもらうために常に犠牲を払っているのだという幻想が、いまだに多くの人に刷り込まれている。もちろんそういった刷り込みには良い面もある。災害に襲われた被災地などに対しては、まるで「共同体のために」犠牲になった人たちであるかのように手厚い援助があったりする。だが、「姥捨て山」の刷り込みは、犠牲者になりたがらない人に対しては恐ろしく冷たいので、政府や自民党はそのことを利用した。

「引き際はきれいに、いさぎよく」というのが、現代に生きる「姥捨て山」の刷り込みのキャッチフレーズだ。藤井という老人や中曽根元総理が本当に辞めるべきなのか、本当に能力がなく仕事の継続にどのくらいの弊害があるのか、といったことはほとんど問われなかった。老人よりも若い人のほうが好まれるし、改革というキーワードに合っているとか、そういったムードを醸し出すために、「姥捨て山」のシステムが利用された。

藤井という老人は訴訟を考えているようだし、中曽根元総理は結局は引退したが、二人がそのシステムに対して異議を唱えたのは間違いない。そのことは何かを象徴している。長く続く経済的な疲弊によって、共同体の文化的な根幹にほころびが見え始めているのではないだろうか。

ずっと共同体的なシステムや考え方に異和感を持ってきたわたしは、そのことを歓迎しているのではないかと思われるかも知れないが、それは少し違う。そういったシステムのほころびは非常に危険だ。藤井という老人には訴訟を通じて道路公団の内情を全部ばらして欲しいが、ほころび始めた共同体は求心力を失い、新たな求心力を求めるようになる。それは、「敵を設定する」というもっとも安易な道を選びがちで、非常に危険だが、修復はもう無理だと思われる。

『13歳のハローワーク』と一生の安定

10/05/2003
22:19

まだ書き下ろしに取りかかっていない。『13歳のハローワーク』という子どものための絵本の刊行が半年も遅れているためだ。やっと入稿が始まったが、四〇〇ページを超える厚い絵本になりそうだ。しかし職業を通して社会を考えることに、これほどリアリティがあるとは思っていなかった。たとえば当然農業とか漁業も職業として取り上げているわけだが、日本の農業の未来はどうなるのか、みたいなアプローチだと、なかなか現実は見えてこない。しかし、職業として農業を考えると、どこに問題があって、どこに可能性があるかがはっきりする。漁業も同じだが、「日本の漁業はどうなるのか」という設問は意味がない。すでに、株式会社化して利益を上げている漁業家がかなりいるし、衰退の一途をたどる漁村や漁協もいたるところにある。このエッセイでも、さんざん書いてきたことだが、「日本は」とか「日本の農業は」という括《くく》りで捉えると、重要なものが見えなくなる。見えなくなるが、メディアはそれ以外の問題提起の文脈を持っていないので、どれほど論議しても、いつまで経っても、常に同じところでの堂々巡りで終わってしまう。

職業としてその分野を眺めるということは、個人として眺めることだ。たとえばバイオという話題になっている分野というか、新しいビジネスの領域があるが、それを職業として眺めてみると、ほとんどの人には関係がないことがわかる。バイオビジネスが必要とする人材は少数の研究者と、その助手と、あとはごく普通の営業マンや販売員だ。だが、新しい産業ということで、バイオで雇用を見込んだりする人がいるし、新しい産業だったら、雇用が広がるのだろうと期待する人も多い。たとえば高度成長時代の造船業だったら、造船所ができたときに、溶接工や機械工、それに板金工や塗装工が何百、何千人単位で必要とされたわけだが、バイオやＩＴというような産業はまったく違う。特にＩＴは、流通が省力化されるので、逆に雇用が減る場合がある。それなのに、バイオやＩＴで雇用創出などと言われるのは、いまだに高度成長時代の刷り込みが残っているからだ。

*

膨大な職業の項目について考え、農業・漁業からバイオビジネスや人工知能やロボット産業まで、資料を読み、調べた。ただ、絵本に関して、売れるかどうかはわからない。本屋に行くと、「なるには本」と呼ばれる本が山積みされている。その職業に就くためには、つまり「＊＊＊になるにはどうすればいいのか」という本が本当にたくさん出ている。また、資格に関する本もたくさんあるし、専門学校などのガイドブックもいろいろとある。さらに、人生をどう生きるかという人生の指南書のような本もたくさんある。こうすれば人生はより楽しくなるとか、こうすればストレスのない人生にすることができるといった類の本だ。

だが、『13歳のハローワーク』はそういった本とはまったく別だ。いろいろな職業と、業種、業態に関して、詳しく紹介してあるが、これからはこれがいいとは書いてない。いわゆる衰退業種と言われる職業に可能性がないかといえばそんなことはないのだ。たとえば、溶接工と、コンピュータのシステムエンジニアと、これからの時代はどちらに可能性があるのか、といったような書き方はしていない。コンピュータのシステムエンジニアは、特別に才能がある一部のプロを除いて、あと一〇年もすれば不要になる。あらゆるプログラミングは一巡して完了するし、インドなどの安い労働力がさらに台頭してくるからだ。

逆に、溶接工という仕事がなくなることはない。建設業は典型的な衰退業種だが、ビルや公共建築物や住宅の建設がなくなることはないので、企業間の淘汰はあっても、建設業そのものがなくなることはない。機械工業もなくならない。今でも優秀な溶接工は、かなりの金を稼いでいるが、これからも溶接工の需要がなくなることはないのだ。でも、造船業がピークのころのような需要とは違う。要するに、優秀な人材には仕事があって、優秀ではない溶接工は淘汰される、という時代になりつつある。それはどんな職種でも同じで、弁護士や医師になったからといって、一生の安定が保障されるわけでもない。

そういったニュアンスは表現するのがむずかしいし、今のマジョリティの人びとがそのことを受け入れるとも思えない。つまり、現代日本のマジョリティの人びとは、これからはバイオビジネスの時代だとか、もう建設業は終わりだとか、コンピュータに関する仕事に就けばもうだいじょうぶだとか、そういう情報を欲しがっている。今後、格差のある社会がやってくるということは、本当は誰もが知っているが、具体的にそれがどういうことなのかを、正確に伝えて欲しいとは思っていない。

それは多くの人にとって、恐怖なのだと思う。格差のある社会というものを実感したことがないからだろう。もちろん今でも格差はある。ただそれは、おもにマスメディアによって隠蔽されている。マスメディアに悪意があるわけではなく、またマスメディアが怠慢なわけでもない。格差とか個別性の文脈を持っていないというだけなのだ。

どうしてそんな事態になっているのかはわからない。文脈の整備をためらっているのか、文脈というのは少しずつしか整備されないものなのか、正確なところはわからない。ただ奇妙なことではある。新聞やテレビなどが、新しい産業や、利益を出している中小企業などを紹介することがよくあるが、そんなことをしても何の参考にもなりはしない。

テレビショッピングが流行っていて、いくつかの会社は急成長しているようだが、だからといって、これからも多くの会社や人がテレビショッピング業界に参入できるわけではないし、テレビショッピング会社がこれからも今のように利益を上げることができるかどうかもわからない。

相変わらず、高度成長時のイメージが残っていて、その文脈からものごとが語られている。成功する人の条件とか、部下に好かれる方法とか、会社を興して儲けるのはどういう人かとか、相変わらずずっとそんなことが語られていて、マジョリティはそういう語り口が好きだ。どうしてそんなことが続くのかが不思議でしょうがない。

教育も医療も、すべてに同じことが言える。たとえば教育問題では、「ゆとり教育」がはたして有効かどうか、が常に議論されている。ゆとり教育の是非など個別の親や子どもにはまったく意味がない。自分の子どもがしっかり勉強すればそれでいいはずなのに、まるで他人事のように文部省の政策を問題にしたがる。ゆとり教育のようなものに関心を持っても、自分の子どもが勉強しないのであれば、どうしようもないはずなのに、誰もがシステムの話をしたがる。まるでシステムさえ変われば、すべての人がその恩恵を受けるはずだという思いこみがあるかのようだ。

国庫に金がなく、借金は増え続けているので、システムは少しずつだが変わっていかざるを得ないだろう。税制や、年金のシステムも変わるだろうし、医療や福祉も変わるだろう。どう変わるかといえば、結局は国の関与が減っていくということに尽きる。国に金がないのだから、国は今までのようには関与できなくなっていくのは当然だ。それなのに、マスメディアは、相変わらず、そのことを批判したり賞賛したりするだけだ。国の関与が少なくなる時代に、個人はどう生きるのかという文脈がマスメディアにないのは、本当は致命的なのだがそういった中で「職業」を考えるのは、一つの有効な方法だと『13歳のハローワーク』を作っていて気づいた。

＊

しかし、まだ書き下ろしには取りかかっていない。もう九ヶ月近く小説を書いていない。今年の一月に短編を書いたが、長編小説はもう一年近く書いていない。二四歳でデビューして以来、特にこの十数年は、ずっと小説を書き続けてきた。こんなことは珍しい。小説を書いていないと不安になるわけでもなければ、何か困るわけでもない。もちろん、『13歳のハローワーク』という絵本や、キューバのバンドのプロデュースをしていたわけで、何もしなかったわけではないのだが、どこかで、今自分は小説を書いていないなとずっと思っていた。

何かを溜め込んでいるような気がしていた。何かを溜め込んでいたからといって、それだけで力のある小説が書けるわけではないのだが。

幸福な原作者

09/05/2003
15:13

八月の終わりから、また約二週間ほどハウステンボスに滞在した。その間ずっとキューバの音楽をライブで聞き続けたわけだが、不思議なことにというべきか、当然のこととしてというべきか、飽きることがなかった。コンサートの内容は基本的に同じなので、前回の滞在と合わせると、約一ヶ月あまり同じバンドの同じライブを見たことになる。わたしは八月に三週間ほど東京に戻ったが、イベントスタッフは五〇回ほど同じステージを見続けた。担当のMCは、コンサート前のしゃべりを終えるとステージ下で客と一緒に踊るようになった。不思議なんですけど毎日聞いても踊っても飽きないんです、と彼は言っていた。

そんなに毎日やっても飽きないのは、上質の麻薬だけかも知れない。だが麻薬は身体や精神を破壊するが、気持ちよく身体が動くキューバ音楽のライブは、逆に人を健康にする。だから何なんだ？　それがどうしたんだ？　と言う人もいるかも知れない。わたしが言いたいのは、せっかく二ヶ月近くハウステンボスで最高のキューバンオルケスタのライブをやっていたのに、見れなかった人は可哀相だということだ。

＊

ハウステンボスにいる間に、映画『69 sixty nine』の製作発表があり、またハウステンボス支援企業が野村プリンシパルホールディングスという投資会社に決まった。『69』の製作発表は、主演がとても人気のある若い役者だったこともあって多くのプレスが集まった。映画の製作発表が支援企業の発表の翌日だったことで、わたしはいくつかの新聞に、「支援企業が野村に決まりましたが、コメントをお願いします」と言われた。電話コメントの依頼も何件かあった。しかしわたしは、よくわかりませんからコメントできません、と取材には応じなかった。取材を拒否したわけではなくて、本当によくわからなかったのだ。まず第一に、「支援」という表現がよくわからない。どうして「買収」ではダメなのだろうか。

昨年キューバ・イベントでテーブルと椅子が必要になって、わたしはハウステンボスの中を歩き回った。ハウステンボスはものすごく広いので、全部くまなく歩いたというわけではないが、とにかく歩いた。歩きながら、この施設の最大の資源は何で、どうすればそれを活かして利益を上げることができるのか考えたりした。そして、野村が支援企業に決まったと聞いたとき、野村の関係者はハウステンボスの中を歩いたのだろうかと考えた。買収企業がテーマパークだったら、その中を歩き回ってどのような資源があるか、自らの目で確かめるはずだと思ったのだ。

映画『69』は、今撮影の真っ最中で、この原稿が活字になるころには、編集作業に入っているだろう。佐世保では、わたしが監督をしていると勘違いしている人が、多かった。もちろんわたしは原作権を渡しただけで、脚本にも演出にも関わっていない。製作発表の記者会見では、一九六九年の話で、刊行が一六年前の小説を、どうして今になって映画化するのかという質問があった。もっともな質問かも知れない。

考えてみれば、わたしが自分で映画にする以外、わたしの小説は長い間映画にならなかった。デビュー作の『限りなく透明に近いブルー』は一〇〇万部を超えたベストセラーだったので、いくつか映画化の話が来たが結局自分で撮った。他にも売れた作品はいくつもあったが、映画化の話はほとんどなかった。わたしの小説が映画になったのは、九七年の『ラブ&ポップ』が最初である。監督は『エヴァンゲリオン』の庵野秀明で、彼の初めての劇場用実写映画となった。

庵野秀明自身が、原作権の取得の交渉にやってきたが、作品に対する思い入れとか一切なく、「全編ロケで、デジカメで撮ろうと思っているので、四〇〇〇万くらいでできると思います」と言って、わたしはそういう交渉の仕方が好きだったので、すぐに映画化をOKした。

絶対に失敗しているだろうと思って、初号試写を見に行ったが、恐ろしくていねいに作られた作品は、わたしが好きな映画になっていた。原作者として、素直にうれしかった。

他の監督が撮った二作目は『オーディション』で、監督は三池崇史だった。映画化の話は、進藤淳一というわたしの友人のプロデューサーから持ち込まれ、脚本しだいという生半可な返事を続けてごまかしていたが、結局は進藤淳一との友情という形で映画化を承諾した。脚本は好きではなかったので、「絶対に失敗する」と思っていたし、がっかりするだろうから覚悟しておけよと自分に言い聞かせて、初号試写に臨んだ。幻冬舎の見城と一緒に見たのだが、途中、見城は映画があまりに怖くて心臓が痛くなり、映写室を抜け出て薬を飲みに行った。三池崇史の演出はすごかった。映画『オーディション』は傑作の評判を得て、ロンドンなど海外でもロングランされた。

わたしの『走れ！　タカハシ』という小説を書き変えた大森一樹の『走れ！　イチロー』という映画もあった。それなりに面白かったのだが、タイトルが違うので厳密な意味での原作とは言えないかも知れない。そして今年『昭和歌謡大全集』が完成した。例によって、「大失敗しているに決まっている」と思って、完成された作品のビデオを見たのだが、本当に面白かった。あまりに面白かったので、友人がホテルの部屋を訪ねてくるたびに見せ、封切り前に八回も見てしまった。

＊

いったいこれはどういうことだろうと考えた。『ラブ&ポップ』『オーディション』『昭和歌謡大全集』と、自分の原作の映画が三本とも好きな映画になったのだ。もちろん三本とも評価は分かれるのだろうが、どうしようもなくダメな映画だと言う人はいないだろう。好き嫌いはあっても、また当然三本とも映画の質は違うが、すばらしい映画になり得ていたのである。原作者として、いったいどういうことだろうと不思議な気持ちになるのは当然だと思う。

庵野秀明も、三池崇史も、『昭和歌謡大全集』の監督・篠原哲雄も、わたしより世代的に若い。わたしが伝えてきたモチーフが彼らに共有され始めているのではないか、と思ったりしたが、本当のところはわからない。単に、三人とも才能があって、その才能がわたしの原作とマッチしたということかも知れない。どうして失敗したのかを考えるのは意味があるが、どうして成功したのかを問うのはあまり意味がないのかも知れない。

ただ、ずっとわたしが小説で指摘してきたことが、現実として具体的に見えてきたということは言えるかも知れない。わたしは、日本的な共同体という曖昧なものに対して、そこから逸脱したり、傷ついたり、戦ったりする個人を描いてきた。それはダメな日本を批判するというものではなかったし、時代に警鐘を鳴らすというものでもなかったし、新しい生き方を示すというものでもなかった。じゃあ何なのかと言われても、うまく答えられないのだが、そもそも批判とか警鐘とか生き方とかそういったものではなく、パラダイムというか文脈というか概念というか、そういったことに対しての異和感ではなかったかと思う。

ある考え方とかシステムではなくて、文脈に対して異和感があるのだから、それを説明するのはむずかしい。だから物語に織り込んで、小説として表現してきたのだ。文脈というのはやっかいだ。たとえば、終身雇用が消えつつあって、大きな会社に入れば一生安泰という状況が終わろうとしている、というような実感は大勢の人が持っているのではないだろうか。

終身雇用で会社から庇護されるという時代が終わろうとしているので、つい資格とか海外の学校とか起業を考えるわけだが、そのときにマスメディアでは、「終身雇用で守られる時代が終わろうとしているわけだが、それでは新しい時代に求められる資格とはどういうものだろうか」というような設問がなされる。しかし、問題意識としてはまともかも知れないが、文脈が旧来と変わっていないので、設問そのものに意味がない。これからどんな資格が有利なのか、海外の学校だとどんなところに行けばいいのか、起業だとどんな業種がいいのだろうか、そういった質問は全部間違いで、

「あなたは何がしたいのか」という設問がなされなければならないのだが、マスメディアは文脈の転換に対応できていない。これからも当分、対応できない事態が続くだろう。

キューバの快楽と『半島を出よ』

08/03/2003
0:00

他の仕事が終わらなくて、懸案の書き下ろしに手を着けることができない。書き下ろしの準備を始めてからもうすぐ一年が経とうとしているが、原稿はまだ一枚も書いていない。考えてみればこんなことは初めてだ。これまでは、書き下ろしのアイデアを思いつくとすぐに書き始めた。多少資料を集めたり取材が必要なこともあったが、それも長くて二、三ヶ月だった。唯一の例外は『コインロッカー・ベイビーズ』という書き下ろし長編だが、それはまだわたしが二七歳のときで、作家として未熟だったからだ。

いまだ書き始めていない長編のことをエッセイで書くことはできない。もったいをつけているとか、ネタがばれると困るとかそういうわけではなくて、頭の中にある小説について書くと動機が拡散してしまうからだ。『コインロッカー・ベイビーズ』という書き下ろし長編を書き始めるときは作家として未熟だったと前述したが、本当は今でも未熟なのだと思う。今取りかかっている小説を書くためには、わたしの知識も技術もまだ未熟だ。きっとそれがわかっているから書かないのだろう。

＊

キューバのイベントがあって、二週間ほどハウステンボスに滞在した。チャランガ・アバネーラというキューバ最強のオルケスタと、ハイラ・モンピエという最高の女性歌手、ロス・ファキーレスという五人組のおじいさんのバンド、映画『ＫＹＯＫＯ』のテーマソングを歌ったハビエル・オルモとギター伴奏のブライアン・ロメーロ、それに四人のダンサー、公社の職員を合わせると計三七人がハウステンボスにやってきた。

まず午後の二時半からロス・ファキーレスのショーが始まり、夕暮れからメインのチャランガ・アバネーラ＆ハイラの強力なステージが繰り広げられる。その後夜遅くハビエルとブライアンのショーがある。それらを全部見ると四時間かかる。その間に、ハウステンボスのプールで泳ぎ、新しく開設されたバリ式マッサージを受けて、近海の刺身やグランシェフ上柿本勝の料理をレストラン『エリタージュ』で食べた。至福の時間だが、快楽を享受するだけで脳は弛緩《しかん》する。

もちろん心地良い弛緩なのだが、わたしはどこかで書き下ろしのことを考えている。キューバの音楽や上柿本勝の料理は、徹底的に受け手の側に立って作られている。その音楽を聞いている間、あるいはその料理を味わっている間、わたしたちは自意識から自由になる。つまりそこから受け取る快楽で我を忘れるのだ。キューバ人は移民と奴隷の時代から、常に困難と苦難に立ち向かってきた。その苦しさや悲しさを一瞬でも忘れさせ、忘我の喜びを味わうために音楽と、そしてダンスを利用した。その伝統は基本的に今も生きている。

だから彼らの音楽とダンスは強くて美しいが、要するに受け手をひたすらパッシブにするのだ。昨年も同じようなことを書いたので、いい加減にしろと思われるかも知れないが、大村湾の夕暮れとイルミネーションが灯り始めるハウステンボスの街並みをバックに、キューバ最高のオルケスタと歌手の歌声を聞くのは、本当に至福の時間だ。そのあとレストラン『エリタージュ』で信じられない料理を食べ、さらにそのあとでハビエル・オルモの天使のような歌声を聞く。情報の受け手としてこれ以上の快楽は考えにくいのだが、わたしは因果なことに、ずっと情報の受け手でいるわけにはいかない。

しかし記憶をたどってみると、わたしはキューバ音楽を聞いたり最高のフランス料理を食べながら、ずっと次の書き下ろしのことを考えていた、わけではない。キューバ音楽を聞きながら思わず踊り出したり、「舌平目のポッシュ・エストラゴン風味・キャビアとキノコのリゾット添え」みたいな料理を食べ、八五年のシャトー・ラフィットを飲みながら目がクラクラするような気分の良さを味わった。提出された快楽はちゃんと味わったのだ。じゃあそのあとで自己嫌悪のようなものにさいなまれたのかというと、それも違う。今日も一行も原稿を書かなかったけど音楽も料理もすごかったな、と思いながら安らかに眠る。

キューバのミュージシャンやダンサーも、ハウステンボスのスタッフも、昨年に続いて二度目のイベントなので、勝手がわかっていてトラブルも少なかった。とにかくわたしは二週間、プールとキューバ音楽と最高の料理とワインと、それにまあいろいろと他のことも楽しみながら過ごしたわけだ。じゃあ書き下ろしのことを考えて、いったいいつ「ずっと情報の受け手でいるわけにはいかない」などと思ったのだろうか。早く書き下ろしを書かなければいけないと焦ったのだろうか。いや、そんなことはなかった。わたしはまったく焦ることなく、鼻歌を歌いながらプールに行ったり、バリ式マッサージに行ったり、キューバ音楽を聞いたりしていた。それではわたしは、たとえば夜寝る前に、書き下ろしのことを考えて、こんな生活でいいのだろうかと不安になったのだろうか。それも違う。プールとバリ式マッサージと音楽の心地よい疲れに包まれて、夜はすぐに幸福な眠りに落ちた。

＊

奇妙だ。ハウステンボスのことを思い出すと、楽しいことばかりで、書き下ろしのことを考えた記憶が消えてしまっている。じゃあ今すぐにでもハウステンボスに戻りたいかと言うと、それも違う。一つ一つ仕事を終わらせて、九月には書き下ろしを書き始めなくてはならないと思う。ハウステンボスの滞在は、美しいものに囲まれて、ほとんど完璧だった。そのことがわたしを不安にさせたのだろうか、と考えるのだがどうも違うようだ。

そもそもわたしは不安になったわけではない。書き下ろしを書いていないくせにこんなことをしている場合ではないと焦っていたわけでもない。自分でもよくわからなくなってきた。昨年も同じような体験をして、こんな罰当たりな快楽を味わっているときっと本当に罰が当たるかも知れないと思っていたら、秋に腰をやられた。その教訓を生かして、今回は毎日腹筋のエクササイズをして、プールで泳ぎ、腰をマッサージしてもらったのだった。わたしのウエストは約六センチほど締まり、体重は七キロ落ちた。

いや、体重やウエストはハウステンボスの快楽の日々と書き下ろしには関係がない。ひょっとしたらわたしは、別に懸案の書き下ろしがあろうとなかろうと、最高の音楽を聞いているときなどに、単に情報の受け手であることそのものに、どこかで居心地の悪さを感じるのかも知れない。最高の音楽や料理は感覚を無防備にする。キューバの音楽や上柿本勝の料理を味わっているとき、わたしはその情報に対して無批判の状態になる。それらはほとんど完璧で、わたしの批判力を越えてしまっているから、しょうがないことだ。批判できないものを無理に批判してもしょうがない。

少しわかってきた。ハウステンボスで味わった音楽や料理は、わたしを「表現する必要がない」という精神状態に導いたのではないだろうか。わたしは毎日音楽や料理という情報を受けとるだけでよかった。わたしはそのことに若干の異和感を持ったのだ。異和感はあったが、そういった快楽を嫌ったわけではもちろんないし、そういった快楽を享受することに不安になったわけでもなかった。

＊

横浜に戻ってきて、こうやって自分の部屋のデスクでPCに向かってエッセイを書き、ハウステンボスの二週間を思い出すとき、わたしの中にあったすべての異和感が消えているのがわかる。情報を受けとるだけの日々はもう終わっていて、そろそろ書き下ろしに向かわなければならない。ハウステンボスの日々とはまったく違う生活が始まるわけだが、それはそれで悪くないと思っている。悪くないどころか、わたしはそのことにスリルを感じている。最高に快楽的な情報を受けとるだけの日々もいいが、情報を自分で作り出すのも悪くない。行為としては正反対かも知れないが、充足感ということでは共通しているからだ。

うつと、元気と、おせっかい

07/06/2003
2:00

最近このエッセイが、硬すぎるというか、マクロな政治・経済のことばかり書いているというか、もっと読者に近い感覚でというか、そういうリクエストがあった。同じような思いはわたし自身にもあって、どんなことを書けばいいのかなと考えていたところだったので、今回から少し違う感じで書いてみようとネタを探した。たとえば、ちょっと話題としては古いがベッカム来日騒動とか、タトゥーというロシアのデュオのお騒がせとか早大生のレイプとそれを巡る何とかという自民党の代議士の発言問題とか、そんな話題について書けばいいのかなと思った。

だがどれだけ考えてもコメントを思いつかなかった、というのは嘘で、考えたくなかった。ベッカム来日にしてもロシアのデュオにしても、わたしはまったく関心がなかった。ベッカムはすばらしい右足のキックを持ついい選手だが、それ以外にはほとんど興味がない。きゃーきゃー騒いでいる日本の女たちに対しては、そういう女たちはいつの時代にもいたし、一体感を求める人たちはどんな時代にもいて、そのことは昔から何も変わらないんだなと思っただけだ。あれだけ大騒ぎできるのは日本の大衆にまだ活力が残っている証拠だろうかという風にも考えたりした。

ロシアの女性デュオについてはその存在を知らなかったので、何が原因でどういう騒ぎになっているのかよくわからなかった。ただああいう事態になると、非難する側は無視するしか対抗策がない。怒ったり、非難のコメントを発表しても、結局は話題作りに協力することになる。早大生のレイプ事件は警察と司法にまかせればいいことでコメントするような事件ではない。

という風に考えると、無視というのが態度として重要ではないかと思うようになった。無視するというのは案外むずかしい。他人は他人で自分は自分という感覚がどちらかといえば希薄な社会なので、ついおせっかいになって、何かコメントをしてしまうような風潮がある。他人のうわさ話・スキャンダルをメインにした雑誌は世界中にあるが、大手の出版社がそういう雑誌を作っているのはきわめてまれではないだろうか。暴露記事やスキャンダルで部数を稼ぐのは恥ずかしいことなので、メジャーな出版社がそれをやってしまうと、他のページや他の雑誌で立派なことを言っても信用されないのだ。でも日本の大手出版社は平気でスキャンダル誌を作る。それは日本社会ではおせっかいが美徳に近いというか、当たり前のことになっているからではないだろうか。

*

読者に近い感覚で、というリクエストをどう考えればいいのだろう。わたしはこの雑誌の読者の顔をイメージできないので、そのリスエストを実行するのは非常にむずかしい。今日本には「格差を伴った多様性」が生まれているが、この雑誌を読んでいる読者（ほとんどは男だろう）を特定するのはむずかしい。ヌードがたくさん載っている雑誌を読むのは比較的年収が低い男だ、という決めつけはできない。ＭＩＴで博士号を取り、ナノテクノロジーの最前線のベンチャー企業で働いていて年収は二億という読者だっているかも知れない。

先日、宅配の味噌を買った。信州で作っている完全無添加の味噌で、添加剤をいっさい使用していないので、デパートやスーパーで売ることをしないで、専門の宅配販売会社を通じて売っているのだそうだ。味見をしてみると確かにおいしいので、一樽買った。かなり高価だったので、こういうのはやはりどちらかといえばお金持ちが買うのかな、と聞くと、そんなことはないという答えが返ってきた。敷地千坪みたいなお屋敷でも買わないところは買わないし、六畳のアパートに住んでいる人でも買う人は買うのだそうだ。当たり前といえば当たり前だが、買う人は味噌好きで、毎日味噌汁を飲まないと生きているという実感が持てないという人らしい。味噌好きはいろいろな階層に亘っているので、年収などで購売層を特定できないということだった。

「格差を伴った多様性」というと、年収で人を分けたり、地方と都市部で分けたりしがちだが、味噌が好きかどうかという違いもあるわけだ。しかし、味噌が好きな人とそれほど好きではない人がいるからといって、当然のことだがそこに希望があるわけではない。わたしはJMMというメールマガジンを主宰しているが、不況のときには元気という言葉の使用頻度が増え、好況のときには減るということを言った金融・経済の専門家がいた。

元気というのは本当に曖昧だ。同じように曖昧な言葉に景気というのもある。景気がよくなるというのは具体的にどういうことかよくわからない。そういうことを何度か過去のエッセイにも書いた気がする。景気の基準がGDPなのか日経平均なのかそれとも失業率なのかはっきりしない。それでは、元気というのはいったいどういう状態なのだろうか。健康ということだろうか。健康でも、会社や居酒屋とかで黙っていると、元気ないね、と言われる。元気だと他人に思われるためには、快活によくしゃべるとか、はきはきと返事や挨拶をするとか、声高に笑うとか、勢いよく酒を飲むとか、そういう振る舞いが必要なのだ。

日本経済が元気になるためには何が必要なのでしょうか、日本人が元気になるためにはどうすればいいのでしょうか、インタビューなどでよくそういう質問を受けるが、わたしは

「元気になる必要はない」と答えるようにしている。

現在発売中の『置き去りにされる人びと』というこの連載エッセイを集めた単行本の見出しの一つに「今、元気がいいのはバカだけだ」というのがあって自分でもそのタイトルが気に入っている。たとえばイラク戦争とそのあとのイラク情勢と日本政府の対応を考えるだけでもとても元気にはなれない。憲法違反だとか、戦前へ逆戻りとか、そういうことではなく、イラクに自衛隊を送っても世界中で喜ぶのはアメリカの政治家の一部だけで、まったく合理的ではない。おそらく日本政府とアメリカ政府の間に何らかの密約があるのだろうが、要するに従順な日本を演じたいということだろう。わたしはナショナリストではないが、現政府がこのような対米追従政策を続ける限り、いつかリバウンドとしての反米の嵐が起こるだろう。今親米を唱えてブッシュとその一派を恐れあがめている人びとが、ある日いっせいに反米を叫び始めるのだ。そのことを考えるだけでもとても元気にはなれない。

元気を出せという励ましが、うつ病患者には逆効果である場合が多いというのは象徴的だ。その人の回復を願う言葉だったら当然うつ病の人にも効果があるはずだが、元気を出せという言い方には違うニュアンスがある。元気というのはその人の健康状態だけを指すわけではなさそうだ。元気という言葉には、その人が属す集団を鼓舞するというか、共同体の士気を低下させないというニュアンスが含まれている気がする。わたしたちは、自分が属する集団や共同体のために、いつも明るく振る舞わなければならないと強制されているようなところがある。上司が冗談を言ったらそれがどんなにつまらない内容でもとりあえず笑わないといけないとか、上司が注いでくれた酒は一応おいしそうに飲まなければいけないとか、そういうことだ。元気を出せという言葉に、本当にその人に対する思いやりがあったら、うつ病の人も気が安まったり、希望を感じたりするはずだ。がんばってという言葉もうつ病の人に言ってはいけないらしい。それはがんばるという言葉が「耐える」というニュアンスを含んでいるからだ。

たとえばリストラされてなかなか再就職できない友人に対し、どうなぐさめればいいのだろうか。がんばれとか元気を出せとか、わたしたちはそういう言葉しか持っていないのだろうか。癌だと告げられた友人に対してはどうだろう。がんばれとか元気を出せという言葉で何らかの希望を与えることができるのだろうか。景気とか元気とか、がんばれとか、そういった言葉が意味を失い始めていると思うのはわたしだけだろうか。

大切なことは、がんばることでも元気になることでも日本の景気がよくなるのを待つことでもない。じゃあ何かと言われてもそれは一人一人違うので一般的な答えはない。せいぜい、知識とスキルを高めるみたいなことしか言えない。たとえばうつ状態に陥った人に対して、励ましたり希望を与えたりする適切な言葉を持っていないということは、深刻な問題だ。今の日本社会には言葉とコミュニケーションの問題があふれているが、それを書き始めるときりがないのでまた来月にします。

ハバナの夕日と国家目標

06/06/2003
2:55

今ハバナでこれを書いている。この連載エッセイが始まってから二〇年が経とうとしているらしい。一口に二〇年と言うが、生まれたばかりの子どもが成人するというふうに考えてみれば長い期間である。二〇年もこのエッセイを書いてきたのだと感慨にふけっているわけではない。二〇年というとちょうどファクスが登場したころだ。この連載では、今＊＊でこれを書いている、という書き出しを何度使ったかわからない。それもその九割はおそらくキューバだった。

今ハバナでこれを書いている、という冒頭の文章を書いて、タイムトリップしたような気がした。正確な記憶はないが、きっと何十回と、今ハバナでこれを書いているという書き出しで、この連載や他のエッセイを書いてきた。今回は五月にNYとカンクンを経由してハバナに入った。いったい何度目のキューバなのか、いつからか数えるのを止めたのでもうわからなくなった。二〇回より多いが、三〇回より少ないというところだろう。

最初にキューバを訪れたのは一九九一年だった。旧ソ連が崩壊したばかりで、援助がなくなり、キューバはひどい物不足に苦しんでいた。ガソリンスタンドには長い車の列ができていたし、街を走る車の数は非常に少なかったし、マーケットには食料がなく、薬屋の棚にも医薬品がなくて、営業しているレストランやカフェはものすごく少なかった。旧ソ連の崩壊とアメリカ合衆国の経済封鎖で、キューバは外貨を手に入れることが極端にむずかしくなってしまっていたのだ。

もちろんキューバは今でも経済的に豊かだとは言えない。だがこの国に来るといつも、経済的に豊かというのはどういうことだろうと考える。勘違いしないで欲しいのだが、経済的発展・成長には意味がないと思っているわけではない。経済の成長は大切なことだとわたしは考えている。貧しい国にとっては社会的なインフラを整えるために経済的な成長が不可欠だ。ただ何のために経済的な成長があるのかという問いは常に存在している。わたしたちはどういう目的でわたしたちの社会を経済的に豊かにしようとするのかということだ。

食料や衣料や住居さえ満足にない社会に生きる人びとはおそらくそんなことを考える余裕はないだろう。何のために豊かになるのか、それは飢えや寒さから逃れるためで、それ以外のことは考えられないからだ。かつて北朝鮮の金日成は、「人民が絹の服を着て、瓦屋根の家に住んで、米の飯と肉入りのスープを食べられる」ような生活を目指すのだと宣言した。

それは今や笑えないジョークになってしまったわけだが、目標としてはわかりやすい。

おそらく戦後復興期から高度成長期の日本にも「目標」があったのだと思う。わたしは子どもだったのでよく憶えていないが、池田内閣が打ち出した所得倍増計画は有名だった。所得倍増、つまり給料を二倍にするということだ。ものすごくわかりやすい「目標」だった。しかも当時は年間一〇パーセントを越える経済成長があり、それが約二〇年間続いたのであっという間にその目標は達成されたはずだ。つまりわたしたちの社会では、経済的目標は笑えないジョークにはならなかった。それは実現されたということになる。

＊

今ではすっかり色あせてしまったが、構造改革というスローガンがわたしたちの社会にある。構造改革なくして経済成長なし、というのが発足当時の小泉内閣のスローガンだった。そのスローガンはものすごく曖昧で、生活が具体的にどうなるのかがわからない。これまでこのエッセイでも繰り返し書いてきたことだが、景気回復とか日本経済再生という言葉も恐ろしく曖昧だ。いったいわたしたちの生活や経済指標がどういう風に向上すれば景気が回復し、日本経済が再生されたことになるのだろうか。経済的な指標にはいろいろなものがあるが、景気の回復や日本経済の再生の意味を数字で示す識者や政治家や評論家は誰もいない。

たとえば日経平均株価が二万円台を回復すればそれが日本経済の再生なのだろうか。あるいは失業率が二パーセント台に戻ればそれが日本経済の再生ということなのか。三パーセント台のGDPの成長が日本経済の再生なのか。そういうことを具体的に指摘する人は誰もいない。まして、「人民が絹の服を着て、瓦屋根の家に住んで、米の飯と肉入りのスープを食べられる」みたいなわかりやすい政策目標を示す政治家も誰もいない。

今の日本社会・日本経済における具体的な目標というのはいったい何なのだろうか。米の飯と肉入りのスープ、というようなわかりやすい「目標」が今の日本社会にあるのだろうか。

「幼児から年寄りまで、ほとんどすべての国民が一人一台のPCを持ち、インターネットなどのITを活用すること」

「現在通勤・通学時にルイ・ヴィトンのバッグを抱えるOLや学生が電車一両に平均して五人ほどいると思われるが、その数を一〇人にすること」

「ほとんどすべての国民が一ヶ月に一度、回転寿司ではない寿司を食べ、一本一万円以上のワインを飲めるようになること」

「ほとんどすべての国民が高層マンションか庭付き一戸建ての家に住めるようになり、相当数の国民が自然に囲まれた場所に別荘を保有するようになること」

「ほとんどすべての国民が大学または短大、あるいはそれらに準ずる教育機関を卒業し、さらに可能であれば英語を話せるようになること」
「ほとんどすべての国民が年に一度は海外か、国内の温泉地などに旅行するようになること」
「ほとんどすべての国民が、臓器移植や遺伝子治療など高度な先進医療を受けることができて、ほとんどすべての国民の健康が可能な限り守られること」
「ほとんどすべての国民が老後に活き活きと生きられるような生きがいか趣味を持つようになること」

いろいろと考えられるが、いずれも大多数の国民のモチベーションになるとは思えない。まず国民といっても、もうひとくくりにはできなくなった。デフレ不況だと言われているが、その中で大成功して金を稼いでいる人は決して少なくない。あるいは都市部と地方ではまったく状況が違う。地方には回転寿司が存在しない町や村がたくさんあるし、そういうところにはワインショップもないだろうから、ネット販売以外では一万円以上のワインを買うことができないし、ワインの需要そのものがないかも知れない。

ルイ・ヴィトンではなくグッチのほうがいいという女性も多いし、ブランド品には興味がないという若い人も増えている。ＰＣやインターネットやＩＴ、ヴィトンやグッチなどに代表されるブランド品、寿司やワインといった料理や酒、高層マンションと庭付き一戸建ての家、大学教育と英語、海外旅行と国内の温泉、先進医療と健康、生きがいに充ちた老後、それらはみな「今の日本人が望むもの」としてマスコミなどが示すものだ。

確かに、コンピュータリテラシーもブランド品もグルメも語学も別荘も健康も生きがいも、魅力がある。それらに魅力や価値がないというわけではない。ただ、全国民のモチベーションにはなりようがない。

ほとんどすべての国民が一様に望むようなこと、つまり子どもにひもじい思いをさせないとか、凍死しないですむような服を着ることができて、凍死を防ぐことのできる家屋に住むとか、国内を自由に快適に移動できるとか、飲み水が確保されているとか、治安を守る警察力や消防などの緊急時の態勢が整っているとか、そういったことは日本社会ではすでにほとんど完了している。

＊

今、目の前にはハバナの海岸線とカリブ海が広がっている。幸か不幸かキューバには重化学産業がほとんど成立しなかったので、首都の中心地の海でも透き通っていて、熱帯魚を見ることも、魚を釣ることも可能だ。外貨がないために、またある時期から化学肥料を輸入できなくなって、それで何とか工夫して無農薬の農業を続けていくうちに、今では有機農業の先進国になったのだと昨夜政府関係者から聞いた。

　キューバが良くて、日本はダメだと言いたいわけではない。どんな国にも、アドバンテージとウィークポイントがある。日本社会は近代化と戦後復興という巨大なモチベーションを無自覚に利用して、国民的な目標と需要を作り出し、とりあえず経済的には成功した。その成功は重要で価値のあるものだと素直にわたしは思う。問題は、そういった急激で大きな成功がもうなくなったということではない。また重要なのは、ほとんどすべての国民に共通する新しいモチベーションを探して提示することでもない。環境などのファクターを除けば、国民が一つになれるような目標がもうないということを目覚することがまず求められているのだと思う。

解説にかえて――村上龍は真実の師

タニア・パントーハ

村上龍さんと親交が深い歌手、タニア・パントーハさん（キューバの大人気バンド「バンボレオ」のヴォーカリスト）に村上さんとの想い出や、キューバ音楽、キューバという国について語って頂きました。

――バンボレオはどのようなバンドですか？

基本的にはティンバを演奏していますが、一つのジャンルに閉じこもるのではなく、ユニヴァーサルなミュージシャンになることを私達は目指しています。

バラードや他ジャンルとのフュージョンも行なっていて、国内外で好評をもらっています。「カール・マルクス劇場」では五千人、「ラ・ピラグア」（海岸通りのナシオナル・ホテルの前）では二万〜三万人の前で演奏しました。ライブハウス「カサ・デ・ラ・ムシカ」などでもやります。また、ヨーロッパツアーにも出かけます。

――タニアさんが歌手になったきっかけは何ですか？

キューバ人はとても音楽が好きですね。私達の根源、母の胎内にいる時から音楽を愛する精神を持っているのです。その精神は、流れる体内の血にも刻まれています。音楽で、世界にアイデンティティーを示すことが出来ると思っています。

キューバでは音楽を含めた教育プログラムが充実しており、学校に行っている時から音楽の授業は大好きでした。音楽の魅力や豊かさは計り知れないもので、その発見が楽しみなのです。

でも、歌手になったのは全くの偶然です。あるとき友人の家に行くと、「ソノーラ・カリペーニャ」というグループがリハーサルをしていました。ちょっと歌ってみたらと言われたので、もともと歌手になりたいという夢があった私は臆せず一曲歌いました。すると、その場の人々が皆驚いていました。私はそれまで歌手になれるなどと思ったことはありませんでしたが、その後「ソノーラ・カリペーニャ」に呼ばれて仕事を始めることができたのは忘れられない経験です。「アスーカル・ネグラ」を経て、現在所属している「バンボレオ」に加入することができました。

村上さんは私の歌唱力を非常に高く評価して下さっていますが、自分では分かりません。私は観客に判断を委《ゆだ》ねようと思います。自分で自分を評価するというのはおこがましい気がするのですが、村上さんはどう思われるでしょうか？（笑）

——村上さんの印象を教えて下さい。

彼に初めて会ったのは、私の歌が六曲入っているＣＤ『グラシアス・ア・クーバ』の発売コンサートでした。キューバ音楽の歴史をよくご存知で、私達のいわば文化大使です。キューバではとても有名な方ですし、ミュージシャン仲間がよく話していたのを聞いていました。私の第一印象は、とても紳士的な男性だということ。そして、偉大な知識人でもあります。

日本で一緒に仕事ができることを、バンドのメンバー全員が楽しんでいます。いろいろなことに気が付かれる、チャーミングな人だと思います。私が最も尊敬するのは、その尽きない好奇心ですね。彼との会話の中で、私の性格や気質、生い立ち、アイデンティティーを再発見することがよくあります。村上さんは真実の師で、私はその弟子です。

――村上さんの本は読んだことがありますか？

『イン　ザ・ミソスープ』のスペイン語版を読んだのですが、とても面白かったです。現実的で、構想がファンタスティックです。本を読む前と後で、彼に対する意見は全く変わりませんでした。大変魅力的だということです。できることなら、全作品を揃えたいと思います。知識を得るのに場所はとりませんので。

――キューバとアメリカの関係について、タニアさんはどうお考えですか？

「キューバ人はアメリカ人より貧しいが、幸福に見える」と村上さんはおっしゃいますが、私は人間として最も大切な豊かさとは、経済ではなく精神性だと思います。そして私達キューバ人はその豊かさを充分すぎる程持っています。だからこそ、アメリカの経済ブロックに品位と誇りと勇気でもって対抗することが出来るのです。

――最後に村上さんに一言お願いします。

私はこれからもずっと村上さんとお仕事がしたいです。彼の魅力は数え切れませんが、シンプルさと自然体、プロ意識の高さは特筆すべきことです。またこれは嬉しいことですが、私達の友情はかけがえのないものです。キューバ音楽の歴史や、私達の音楽を深く理解して下さっています。私達キューバ人に尊敬と気品と敬意を持って接して下さいます。日本を訪れる全てのキューバンミュージシャンが、素敵な経験と夢を村上さんにもらっています。ありがとうございました。

この作品は二〇〇五年七月ＫＫベストセラーズより刊行されたものです。

ハバナ・モード

すべての男《おとこ》は消《しょう》耗《もう》品《ひん》である。Vol.8

村上龍《むらかみりゅう》

平成20年4月10日　初版発行

発行者――見城徹

発行所――株式会社幻冬舎

〒151-0051東京都渋谷区千駄ヶ谷4-9-7

電話　03(5411)6222(営業)

　　　03(5411)6211(編集)

振替00120-8-767643

印刷・製本―中央精版印刷株式会社

装丁者――高橋雅之

幻冬舎文庫

ISBN978-4-344-41117-3　C0195　む-1-28